KB055792

백수귀족 판타지 장편소설

WISHBOOKS FANTASY STORY

버버리안

퀘스트

버바리안 퀘스트 8

백수귀족 판타지 장편소설

초판 1쇄 찍은 날 | 2018년 11월 15일
초판 1쇄 펴낸 날 | 2018년 11월 22일

지은이 | 백수귀족
펴낸이 | 예경원

기획 | 위시북스
편집책임 | 이규재
편집 | 위시북스

펴낸곳 | 예원북스
등록번호 | 제396-2012-000132호
등록일자 | 2012. 7. 25
KFN | 제1-334호

주소 | 경기도 고양시 일산동구 호수로 646-24 위너스21II빌딩 206A호 (우)10401
전화 | 031-819-9431 팩스 | 031-817-9432
E-mail | yewonbooks@naver.com

ⓒ백수귀족, 2018

ISBN 979-11-89564-41-4 04810
　　　979-11-6098-950-2 (set)

※ 파본은 구입하신 서점에서 교환하여 드립니다.
※ 저자와 협의하여 인지를 붙이지 않습니다.
※ 이 책은 예원북스와 저작자의 계약에 의해 출판된 것이므로 무단 전재 및 유포, 공유를
　 금합니다.
※ 이 도서의 국립중앙도서관 출판시도서목록(CIP)은 서지정보유통지원시스템 홈페이지
　 (http://seoji.go.kr)와 국가자료공동목록시스템(http://www.nl.go.kr/kolisnet)에서
　 이용하실 수 있습니다.

백수귀족 판타지 장편소설

WISHBOOKS FANTASY STORY

바바리안 ⑧

퀘스트

Wish
Books

CONTENTS

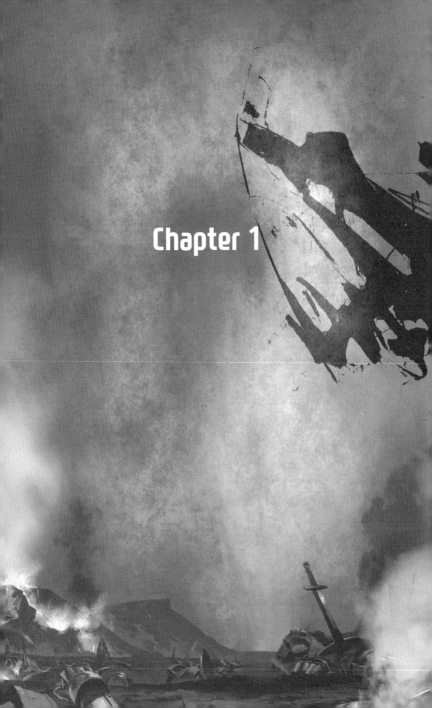

Chapter 1

　부족끼리의 협상은 잘 끝났다. 연맹은 새로운 부족을 휘하에 두었고, 대신에 보호와 정당한 전리품 배분을 약속했다.

　유릭은 여자를 안고 노곤하게 잠을 잤다. 굳이 강간을 하지 않더라도, 유릭의 강인한 씨를 품고자 하는 여자들이 넘쳐 났다. 사내가 전사가 되는 게 의무인 것처럼, 여자는 강인한 전사를 잉태하는 게 사명이었다.

　"후우."

　유릭이 새벽이슬을 맞으며 깨어났다. 그는 울타리로 올라갔다. 경계를 서던 전사들이 꾸벅꾸벅 졸고 있었다.

　"일어나, 이 자식들아."

　유릭이 졸고 있는 전사의 엉덩이를 걷어찼다.

"아, 안 잤어."

전사가 황급히 말했다.

"졸다가 습격이라도 당한다면, 그 목으로 책임을 져야 할 거다."

유릭이 으름장을 놓았다. 경계에 실패하면 목숨으로 대가를 치러야 한다. 유릭은 그런 경우를 너무나 많이 봤다.

"이곳 사람들은 울타리를 굉장히 높게 지었어. 맹수를 막는 용도는 아니겠지."

전사 한 명이 중얼거렸다. 유릭도 그 말에 동의했다.

"그건 사미칸이 오늘 물어볼 거다."

어제는 협상만으로도 밤이 다 갔다. 울타리에 관한 이야기는 뒤로 밀렸다.

"음?"

유릭은 해돋이를 바라보다가 눈을 찌푸렸다. 그는 옆에 있는 전사의 어깨를 두드렸다.

"뭔가 보이는군."

경계를 서던 전사들도 같이 눈살을 찌푸렸다.

"산양?"

유릭이 소리를 질렀다. 갈색 털을 가진 산양이 보였다. 산양을 봤다고 놀랄 건 없었다.

'산양 위에 누군가가 있어.'

거리가 멀어서 흐릿했지만 산양 위에 누군가 타고 있는 게 확실했다.

산양이 멀리서 마을을 한 바퀴 빙글 돌았다. 산양은 사람이 탈 만한 크기의 동물이 아니다. 유릭이 탔다가는 산양의 허리가 부서질 터다.

"제길, 엄청 빠르잖아."

전사들이 활을 들고 뛰쳐나갔으나 산양은 벌써 저 멀리 사라졌다. 전사들도 당황한 표정으로 서로를 보다가 유릭을 올려다봤다.

"유릭, 어쩌지?"

"사미칸부터 깨워!"

유릭은 산양이 사라진 남쪽을 바라봤다. 그는 간담이 서늘했다. 동물을 길들여 타고 다니는 자들이 서부에도 있었다.

유릭은 당장 사미칸을 찾아갔다. 사미칸은 잠이 덜 깬 얼굴로 유릭을 반겼다.

"오, 유릭. 식사를 같이하지."

"식사를 할 때가 아니다. 이 마을의 부족장을 불러와."

"부르긴 하겠지만, 아침을 거를 만큼 중요한 일이었으면 좋겠군."

"산양을 발견했어."

사미칸이 인상을 찌푸렸다.

"고작 그걸로 이렇게 호들갑을 떨어댄 거냐?"

"사람이 산양을 타고 있었어."

"뭐?"

사미칸도 좀처럼 이해가 되지 않았다.

"산양을 길들여서 타고 다닌다고. 이곳 사람들이라면 놈들이 누군지 알 거다."

통역과 부족장들이 하나둘씩 모였다. 그들도 다른 전사에게 상황을 들었다.

"산양을 타고 다녀? 그냥 무리에서 떨어진 산양을 잘못 본 거 아니야?"

"산양이 이 마을을 한 바퀴 돌고 지나갔어. 정찰을 한 거지. 분명 사람이 타고 있었다."

유릭은 확신했다. 유릭과 울타리에 있던 다른 전사들도 똑같은 증언을 했다. 부족장들이 서로의 얼굴을 보며 어깨를 으쓱했다.

"이 사람들 말이 인간 사냥꾼이라고 합니다."

마지막 통역이 말했다.

"인간 사냥꾼?"

"그게 무슨 소리야? 말을 잘못 전달한 거 아니야?"

부족장들이 따지고 들었지만, 통역은 단호했다.

"마을의 울타리도 인간 사냥꾼들을 막기 위해 만든 거라고 합니다."

"뭐? 자세히 좀 물어봐."

인간 사냥꾼을 설명하는 부족장도 답답한 듯 가슴을 쿵쿵 쳤다. 이중통역이라서 대화가 느렸다.

결국 부족장들은 함께 아침식사를 하며 인간 사냥꾼에 대해 이야기를 들었다. 그들은 질척한 고기죽을 마시며 귀를 기울였다.

이곳 사람들은 산양을 타고 다니는 전사들을 인간 사냥꾼이라 불렀다. 그들은 남쪽 어딘가에서 온 전사였다.

"산양을 타고, 나무가면을 쓰고 다닌다고 합니다. 어, 그리고 여러 무기를 능수능란하게 다루는 무시무시한 전사라는군요."

유릭은 그 말을 듣다가 손을 들며 질문을 던졌다.

"아무리 체구가 작아도, 다 큰 전사가 산양을 타고 다닌다고? 말도 안 되는 소리지. 애들을 쓰는 거 아니야? 가면으로 얼굴을 가리고 있다면서?"

통역이 유릭의 말을 전달했다. 한참 뒤에야 통역을 위해 다시 입을 뗐다.

"이들 말로는 인간 사냥꾼을 잡아 가면을 벗긴 적이 있었는데, 수염도 수북하게 자란 어른이었다고 합니다. 키는 우리의 가슴까지도 오지 않지만요. 덩치는 작아도 흉포하고 사나운 전사라서 두려움의 대상이라고 하는군요."

그 말을 들은 전사들이 술렁였다. 설명만 들어도 기이하기 짝이 없었다.

"난쟁이 괴물들이군."

"난쟁이들이 무서워서 울타리를 세웠다는 거야? 참나, 한심해서."

전사들이 낄낄 웃었다. 하지만 부족장들은 난쟁이라는 사실에 웃지 않았다.

"쉬이 넘길 일이 아니다. 산양을 타고 다니는 전사라면 기동력이 엄청나겠지."

사미칸이 중얼거렸다. 그도 노아에게 제국 너머에 있는 기마병에 대한 이야기를 들었다. 서부의 얼룩말은 거칠고 사나워 길들이지 못했다. 하지만 난쟁이들은 산양을 길들여 타고 다녔다.

"어째서 인간 사냥꾼이라 부르는 거지? 단순한 약탈자가 아니라?"

통역이 다시 오갔다.

"놈들의 목적은 약탈이 아니라고 합니다. 자신들의 용맹함을 증명하기 위해 사람을 죽이고 목을 들고 간다고 합니다. 말 그대로 인간을 사냥하는 거죠."

"하, 대단하군."

유릭이 웃었다. 난쟁이의 덩치가 애들처럼 작다고 얕볼 게 아니었다.

"울타리가 무너진 걸 확인했으니, 오늘 밤 놈들이 여길 습격할 거라고 합니다."

유릭은 그 말을 반겼다. 그는 북부에서 거인을 본 적이 있었다. 그리고 고향의 낯선 곳에서 난쟁이를 봤다. 흥분이 그의 가슴을 두드렸다.

"덤비라고 해. 진짜 사내들의 힘을 보여주지. 키도 우리의 절반이니, 고추도 반밖에 되지 않겠군!"

유릭이 발을 구르며 외치자, 전사들이 호응하며 손을 들었다.

"올 테면 오라고 그래!"

"오우!"

전사들은 무장을 정비하며 밤이 되길 기다렸다. 경계를 서는 전사들은 졸지 않고 두 눈을 똑바로 떴다.

인간 사냥꾼이라 불리는 전사들은 왜소한 체격을 가졌다. 다 큰 성인조차 열 살짜리 소년 같기도 했다. 그들은 체구의 차이가 전사의 역량이라 생각하지 않았다. 오히려 작은 몸뚱이로 덩치 큰 사내들을 죽여서 자신들의 역량을 증명했다.

끼익.

인간 사냥꾼들이 활시위를 점검하며 당겼다. 그들은 나무가면을 정수리까지 끌어 올리곤 서로를 보며 씨익 웃었다. 일반적인 서부인보다 피부가 거뭇했다.

인간 사냥꾼은 자신들을 피르가모라고 칭했다. 그들의 언어로 '작은 발'이라는 뜻이었다. 가장 가까운 부족과도 언어가 통하지 않을 정도로 피르가모는 독립적인 부족이었다. 실제로도 산양을 타고 한참 남쪽으로 내려가야 그들의 거주지가 있었다.

"사냥을 시작하지, 형제들."

한 명의 피르가모 전사가 말했다. 소년처럼 맑은 얼굴로 나무가면을 내렸다. 나무귀신의 형상을 딴 가면은 눈구멍과 입이 길게 찢어져서 으스스했다.

피르가모 전사들이 산양에 올라타며 고삐를 잡았다. 산양이 길게 울었다.

"꿔어어!"

피르가모 전사는 오십여 명이었다. 그들은 전부 전투산양을 탄 전사였다.

모든 산양이 전투산양이 되는 건 아니었다. 피르가모족은 건강한 수컷산양을 골라내 오랜 비법으로 만든 사료를 먹이고 특별한 훈련을 시켰다. 그렇게 정성스레 키운 전투산양은 덩치가 더 크고 튼튼해서 피르가모 전사를 태우고 대지를 질주했다.

전투산양은 피르가모 전사의 가장 큰 재산이다. 그들은 자신의 산양을 형제처럼 여겼다.

"저 허우대만 큰 멀대들에게 우리의 힘을 보여주자."

피르가모 전사들은 전투산양을 타고 달렸다. 그들은 중장거리 무기를 선호했다. 체구가 작은지라 아무리 단련해도 멀대들에게 창과 칼로는 이기기 힘들었다.

끼이이익!

피르가모 전사들이 단궁을 손에 쥐었다. 그들은 작은 체구에서 나온 거라 믿기 힘든 완력으로 활시위를 세게 당겼다.

피-슛!

피르가모 전사의 화살이 마을 요새 안으로 쏟아졌다. 그들은 아침에 마을 울타리가 박살 난 걸 봤었다.

'이미 약탈자에게 한 번 당한 마을이다. 식은 죽 먹기지.'

피르가모 전사는 식량이나 재물을 탐하지 않았다. 그들은 단지 사람을 죽여서 자신들의 힘을 과시했다.

쿵, 쿵, 쿵.

마을 안에서 울림이 퍼졌다. 피르가모 전사들이 뭔가 이상하다는 걸 느끼고 산양을 몰아 뒤로 빠졌다.

"발사!"

마을 안에서 사미칸이 외쳤다.

피르가모 전사들은 꿈에도 상상치 못했다. 그들은 저 안에 오천 명의 전사가 주둔해 있을지 몰랐다. 평소처럼 멀리서 울타리만 살피고 온 안이한 정찰의 실패였다.

피슈수숫!

말 그대로 화살비가 피르가모 전사의 머리 위에 쏟아졌다. 체구가 작은 피르가모 전사조차 피할 도리가 없는 화살비였다. 오십여 명의 피르가모 전사는 화살비를 맞고 바닥을 뒹굴었다.

"카아아악!"

간신히 경상만 입은 피르가모 전사는 산양의 고삐를 당기며 도망가기 바빴다. 그는 마을에서 흔들리는 횃불을 바라봤다. 어마어마한 숫자의 전사들이 보였다.

"재빨라 봐야 이렇게 넓게 뿌리는 화살을 피하진 못하지."

유릭이 마을 밖으로 걸어 나오며 널브러진 난쟁이들을 바라봤다.

"숨이 붙어 있는 놈들은 데려가서 치료해."

연맹의 전사들이 전장을 수습했다. 그들의 입에서 말이 끊이지 않았다.

"진짜 난쟁이잖아? 내 동생보다 키가 작아."

"몸은 애인데 얼굴은 어른이로군. 기괴한 놈들이야."

"도대체 어디서 이런 괴물들이 나온 거야?"

전사들은 난쟁이들을 옮기면서 떠들었다.

"조심해!"

화살을 맞고도 산양들이 벌떡 일어나 뿔로 전사들을 들이받았다. 구부정하게 앞으로 솟은 뿔은 흉기였다. 산양 뿔에 내장이 찔린 전사가 비명을 질렀다.

"끄아아아악!"

유릭이 산양의 목을 향해 도끼를 던졌다. 도끼가 산양의 목을 절반쯤 파고들었다. 그런데도 산양은 맹수처럼 날뛰었다.

"무슨 산양이 저렇게 포악해?"

도끼를 던진 유릭이 얼빠진 얼굴로 말했다. 그는 칼을 뽑아서 날뛰는 산양의 목을 확실히 베었다. 목을 베는 감각이 두툼했다.

'보통 산양과 달라. 덩치도 크고 근육도 다부지다. 문명세계의 말처럼 개량한 종이야.'

산양 뿔에 찔린 전사는 이미 죽은 거나 다름없었다. 터진 대장에서 흘러나온 대변이 복부를 타고 흘러내렸다.

"주술사에게 독한 약을 타달라고 해. 정신이 오락가락할 즈음에 고통 없이 목을 베어주지."

"산양 뿔에 찔려 죽다니, 쪽팔려서 우리 아부지 얼굴을 보지도 못하겠네…… 큭큭."

죽음을 앞둔 전사가 허탈하게 웃었다.

연맹의 주술사들은 부상 당한 난쟁이들을 치료했다. 태반은 죽었지만, 몇 명은 차도를 보였다.

"저주받은 부족이오."

몇몇 주술사는 난쟁이를 향한 경멸과 혐오를 숨기지 않았다. 그들의 눈으로 보기에 난쟁이는 잘못된 인간이었다.

"저주받았건 말건, 심상치 않은 놈들이야. 이 단궁도 탄력이 장난 아니라고."

유릭이 난쟁이의 장비를 살피며 말했다. 상당히 뛰어난 기술력이 엿보였다. 산양을 길들여 타고 다니는 것만 봐도 독창적인 문화와 기술을 가진 부족인 게 분명했다.

피르가모 전사 치카카는 눈을 동그랗게 뜨고 거구의 사내를 쳐다봤다.

'나한테 뭘 원하는 거지?'

치카카는 맨손인지라 잔뜩 경계했다. 그는 다리에 족쇄를 차고 있어서 재빠르게 움직이지 못했다.

"……유릭."

덩치가 큰 사내가 자신을 가리키며 말했다. 치카카는 그게 무슨 의미인지 안다.

"나는 치카카."

치카카도 조심스레 말했다.

유릭은 피르가모 전사와 의사소통을 시도했다.

'이 난쟁이들은 언어가 많이 달라.'

유릭은 인내심을 가지고 말을 걸었다. 당연히 피르가모 전사들은 공격적인 태도로 유릭을 노려봤다.

"여기 음식이다. 우린 적대할 생각이 없어."

유릭이 고기죽 그릇을 내밀곤, 두 손을 위로 들었다. 공격할 의도가 없다는 걸 반복해서 전달했다.

'일단 체력이 있어야 도망가든 복수하든 할 테니까.'

치카카는 유릭이 내놓은 음식을 먹었다. 그는 다른 전사들이 걱정됐다.

'여기에 이렇게 많은 전사들이 있을 줄이야.'

마을에 있는 전사의 숫자를 알았더라면 공격을 시도하지도 않았을 것이다.

"이봐, 나는 유릭이다. 친하게 지내자고. 너와 나. 함께."

유릭이 치카카와 자신을 번갈아 가리켰다가 양손을 합쳤다. 몸집이 커서 동작도 호쾌했다.

"하, 친하게 지내자고? 내 손에 칼만 들어오면 그 모가지를 따주지."

어차피 듣지 못하기에 치카카는 대놓고 살인예고를 했다.

"그 작은 대가리에서 무슨 생각을 하는지 다 보인다, 새끼야."

유릭이 웃으면서 말했다. 치카카의 말이 이해가 되지 않아도, 대충 무슨 의미인지 알 것 같았다. 전사들의 생각은 뻔하다. 유릭이 치카카였더라도 지금 같은 상황에서는 똑같이 생각했을 것이다.

유릭은 치카카와 같이 식사를 하고 행동했다. 치카카의 말 한마디에 집중하며 귀를 기울였다. 사소한 단어조차 놓치지 않았다. 유릭은 제국어에 통달했고, 북부어로도 의사소통에 능했다. 그는 새로운 언어를 배우는 데는 이골이 났다.

'무슨 목적으로 저러는 거지?'

치카카는 유릭의 행동을 이해하지 못했다.

"아마 너는 이번에 함께 온 난쟁이들 중에서 대장이겠지."

유릭이 손동작을 섞으며 말했다. 난쟁이들 중에서는 치카카의 나무가면이 가장 화려했었다. 어느 부족에서든 색깔이 화려하고 장식의 숫자가 많을수록 지위가 높은 사람이다.

"너도 여기 대장인가 보군."

치카카가 다른 전사들을 가리키다가 유릭을 보곤 손가락을 높게 들었다.

"가장 높은 사람은 세 사람이 있어. 그중 하나가 나다."

유릭이 바닥에 그림을 그려가며 설명했다. 치카카가 고개를 끄덕였다.

치카카는 피르가모 부족 내에서도 인정받는 전사였다. 산양전사들을 이끌고 인간 사냥을 진두지휘할 정도였다.

'그런 내가 이렇게 잡힌 신세라니, 창피하군.'

치카카가 쓴웃음을 지었다.

"나는 너와 친하게 지내고 싶다. 그리고 너희 부족과도."

연맹은 부상을 입은 피르가모 전사들을 잘 보살피며 치료했다. 치카카도 그 호의를 알았기에 순순히 의사소통에 응했다.

벨루아가 유릭과 치카카에게 접근했다.

"유릭, 정말로 이 난쟁이들의 말을 익혀서 연맹에 끼울 생각이야?"

"난쟁이가 아니야. 피르가모족이지."

"그게 그거지, 등신아."

"산양을 전투용으로 키울 정도로 발달한 부족이야. 거기다가 산양의 기동력이 우리에게 필요해. 사미칸도 동의했다."

이미 부족회의에서 결정된 일이었다. 사미칸도 유릭만큼이나 피르가모 부족에게 관심을 가졌다.

"그래서 너는 여기에 남아서 난쟁이들 언어나 배우겠다 이거지? 하, 전사가 할 일은 아니군."

벨루아가 빈정거렸다. 그도 그럴 것이 산양 뿔에 부딪쳐 죽은 전사가 있었는데, 그 전사가 붉은모래 부족이었다. 그녀는 난쟁이를 죄다 죽이자는 쪽에 표를 던졌었다.

"어차피 원정은 순조로워. 사미칸과 네 역량이면 충분하지."

유릭과 바위도끼 전사 일부는 마을에 남아서 피르가모 전사들을 보살피고 감시하기로 했다. 그동안 나머지 연맹 전사들은 서쪽 원정을 계속한다.

'나라고 하루아침에 이들의 언어를 배우긴 힘드니까.'

유릭이 피르가모 부족의 언어를 배우는 동안, 연맹의 전사들을 놀려둘 순 없었다. 연맹은 끝없이 서쪽을 약탈해야 했다. 제자리에 있으면 식량 고갈로 굶주릴 뿐이다.

"죽지 마라, 유릭. 넌 내게 약속을 했어. 사미칸은 믿을 놈이 안 돼. 놈은 자신의 야망을 위해서라면 형제의 목을 베고도 남아."

벨루아가 팔짱을 끼며 유릭을 노려봤다. 그녀는 사미칸을 신뢰하지 않았다. 연맹에 참가해서 얻는 실리가 많았기에 참을 뿐이었다.

"너도 사미칸을 좀 믿어봐. 꽤 괜찮은 녀석이라고."

유릭은 벨루아와 달리 사미칸에 대한 호감이 있었다. 비록 바위도끼를 침략한 적이었지만, 부족사회에서 평생 원한을 가질 일도 아니었다.

'하지만 벨루아의 말도 맞아. 사미칸은 조심해야 돼. 자신의 야망을 위해서 낯선 문명조차 받아들이는 사람이지만…… 다른 말로는 자신의 야망을 위해 뭐든 한다는 뜻이지.'

유릭과 사미칸은 둘 다 문명에 관대했다. 하지만 관대한 이유는 두 사람이 달랐다. 유릭은 지적 호기심을 위해서였고, 사미칸은 자신의 야망을 위해서 문명을 받아들였다.

"이 난쟁이들이 과연 연맹에 도움이 될까? 계집들보다 덩치가 작잖아."

벨루아가 치카카를 내려다봤다.

"산양을 타고 다니는 것만으로도 엄청난 도움이 될 거다. 그건 내가 장담하지."

유릭이 자신만만하게 대답했다.

"흐응, 그럼 잘해보라고. 난 빌어먹을 사미칸과 서쪽으로 갈 테니까."

벨루아가 손을 흔들며 자리를 떴다.

유릭과 바위도끼 전사 백여 명이 마을에 남았다. 그들은 마을의 식량을 축내며 피르가모 전사들을 감시했다. 바위도끼 전사 중에서 일부는 유릭처럼 피르가모 전사와 접촉하며 말을 배우려고 시도했다.

보름이 더 지났다. 언제까지나 마을의 식량만 축낼 수는 없었다. 유릭과 전사들은 건기라도 먹을 걸 구하러 돌아다녔다.

운이 좋다면 뭐라도 잡을 수 있을지도 모른다.

"너희 부족과 우리가 함께 행동했으면 좋겠다."

유릭이 어설프게 말과 손짓을 섞으며 말했다.

치카카는 유릭과 말뜻을 알아먹었다.

'내 족쇄를 풀어주다니. 대단한 자신감이로군.'

치카카는 간만에 자유로워진 다리로 폴짝폴짝 뛰었다. 유릭은 치카카를 데리고 마을 밖으로 사냥을 나섰다.

'사내들끼리 친해지는 데 사냥만 한 게 없지.'

그건 부족만이 아니라, 문명세계도 마찬가지였다. 문명세계의 귀족들조차 친목을 도모하려고 함께 사냥했다.

"활을 받아."

심지어 유릭은 치카카에게 활과 화살을 돌려줬다. 치카카의 눈동자가 커졌다.

'지금 이놈의 목에 화살을 박고 도망가면 된다.'

치카카의 눈동자에서 살의가 맴돌았다. 덩치는 작았지만, 그는 피비린내 나는 삶을 살아온 전사다.

"만약 내 뒤통수를 쳤다가는 그 조그마한 목뼈와 척추가 부러질 거다. 화살 한두 방으로 날 멈출 수 있을 거라 생각하지 마."

유릭이 사납게 말했다. 언어는 달랐지만 분위기만으로도 치카카는 유릭의 말을 이해했다.

치카카는 침을 꿀꺽 삼키며 유릭을 따라 걸었다.

걷기지만 초원의 끈질긴 풀들은 뿌리를 내리고 버텼다. 유릭과 치카카는 보폭 차이가 컸지만, 치카카는 뒤처지지 않고 따라왔다.

"유릭."

치카카가 유릭의 이름을 불렀다. 유릭은 그전에 이미 자세를 낮추며 멈춰 섰다.

"여우로군."

유릭과 치카카는 바람이 등지지 않는 방향 쪽으로 옆걸음질했다. 그들은 냄새와 발자국을 속이며 여우 가까이 접근했다.

"내가 쏘겠다, 유릭."

치카카는 간만에 잡은 활대의 감촉에 기분이 좋았다. 당장에라도 화살을 쏘고 싶었다.

유릭은 치카카가 활을 잡는 걸 지켜봤다. 작은 체구인데도 활시위를 상당히 크게 당겼다. 특히나 그들의 활은 상당히 공들여 만든 각궁이었다. 각궁은 만들기도 어렵고 시간도 오래 걸린다. 산양전사 전원이 각궁으로 무장했다는 건 그만큼 무기에 투자할 여력이 있는 부족이라는 뜻이다.

"후-우-우."

치카카가 심호흡하며 여우를 노려봤다. 매서운 사냥꾼의 눈동자였다.

퉁!

화살이 날아갔다.

푹.

화살은 여우의 목덜미를 꿰뚫었다. 대단한 활솜씨였다.

끼릭.

유릭은 옆에서 활을 들었다. 치카카는 그런 유릭을 보며 인상을 찌푸렸다.

"목에 맞았어. 조금 있다가 쓰러질 거야. 저건 내 사냥감이야. 화살을 낭비 마라."

치카카가 뭐라 따지지만, 유릭은 차분히 활을 쐈다. 화살은 여우를 스쳐 갔다.

"하핫! 멍청이! 내 사냥감을 노리다가 그렇게 될 줄 알았어!"

치카카가 땅바닥에 박힌 유릭의 화살을 보며 웃었다.

유릭과 치카카는 잡은 사냥감을 가지러 가기 위해 걸었다. 싱글벙글하던 치카카의 표정이 서서히 굳었다.

"여우를 노린 게 아니었군……."

치카카가 잡은 여우는 쌕쌕거리며 누워 있었다. 유릭의 화살은 땅바닥에 꽂힌 게 아니었다.

"뱀 한 마리가 보이더라고."

유릭이 땅바닥에 꽂힌 것처럼 보이던 화살을 뽑아 들었다. 뱀 머리가 화살촉에 꿰어 나왔다. 아직도 뱀이 힘차게 꿈틀거리며 유릭의 팔을 휘어 감았다.

'저 거리에서 뱀을 발견하고 머리를 맞혔단 말인가.'

치카카는 뱀 머리를 땅에 묻는 유릭을 바라봤다. 활솜씨만 봐도 유릭이 얼마나 뛰어난 전사인지 가늠이 갔다.

"뱀고기 좋아해?"

유릭이 뱀 몸뚱이를 씹는 시늉을 했다. 치카카가 웃으며 고개를 끄덕였다.

치카카와 유릭은 곧장 마을로 돌아가지 않았다. 그들은 더 멀리 나가서 사냥을 계속했다. 번갈아 가며 사냥감에게 활을 쐈다. 항상 백발백중인 사냥꾼은 없기에, 어쩌다 빗나가면 서로를 비웃기도 했다.

타닥, 타닥.

날이 저물어갔다. 보랏빛 하늘을 확인한 유릭과 치카카는 마른 가지를 모아 모닥불을 피웠다. 건기라서 어딜 가도 땔감 투성이였다. 하다못해 동물의 배설물마저 금방 말라 태우기 딱 좋았다.

웃음소리가 끊이지 않았다. 오늘 잡은 사냥감들을 들어 올리며 뭐라 떠들면 어떻게든 이야기가 통했다.

유릭과 치카카는 각자 가죽망토를 몸에 두르며 눈을 감았다. 깊은 잠은 아닐지라도, 곁에 두고 잠들 정도로 신뢰가 쌓였다.

유릭은 다음 날 치카카와 함께 마을로 돌아갔다.

"유릭!"

전사 한 명이 유릭을 보자마자 달려왔다. 마을은 소란스러웠다. 바위도끼 전사들이 무장한 채로 돌아다녔다. 유릭은 물론이고 치카카의 표정도 딱딱하게 굳었다.

"당장 저 난쟁이도 족쇄를 채워서 다시 가둬 버려!"

흥분한 전사가 외쳤다. 유릭이 차갑게 눈을 치켜떴다.

"입 닥치고, 무슨 일이 있었는지나 말해."

"난쟁이 한 놈이 활을 들고 우리를 쐈어!"

"죽은 사람은?"

"다친 사람은 있지."

그나마 다행이었다. 유릭은 활을 쏜 피르가모 전사의 행방을 물었다.

"아직 잡지 못했어. 마을 어딘가에 숨어 있을 거다."

활을 쏜 피르가모 전사는 마을 어딘가에 숨어 있었다. 덩치가 워낙 작은지라 마을을 샅샅이 뒤져도 찾기 힘들었다.

"유릭."

치카카가 유릭을 보며 인상을 찌푸렸다. 그가 마을 중간으로 가더니 숨을 크게 들이마셨다.

"나는 치카카다! 나와라아아-!!"

작은 체구에서 나오는 울림통이라고 믿기 힘들 정도로 큰 소리였다. 그는 몇 번이나 그렇게 외치고는 다른 피르가모 전사들도 한자리에 모았다.

저벅, 저벅.

활을 쏜 피르가모 전사도 비척거리는 걸음으로 나왔다.

"저 개 같은 난쟁이가!"

바위도끼 전사가 소리를 지르며 무기를 들었다. 유릭은 전사들을 말리며 치카카를 쳐다봤다.

치카카는 자신의 전사들을 쳐다보며 사납게 눈을 떴다. 특히나 활을 쏜 피르가모 전사의 복부를 주먹으로 때렸다.

"크억."

배를 맞은 피르가모 전사가 구역질을 하며 무릎을 꿇었다.

"저들은 우리를 치료하고, 나를 손님으로 대접했지! 그런데 이게 무슨 꼴이더냐! 너는 내 체면을 구겼다! 카바투!"

치카카가 몹시 분노했다. 다른 피르가모 전사들이 침묵했다. 그들 사이의 위계질서는 굉장히 엄격했다.

"하, 하지만……."

카바투가 뭐라 말을 하려다가 치카카의 사나운 눈을 보고 입을 다물었다.

"아무리 그 상대가 멀대들이라도 치료해 준 사람에게 활을 겨누다니! 부끄러운 줄 알아라!"

치카카가 성큼성큼 유릭에게 다가오더니, 유릭의 허리춤에 달린 단도를 가져갔다. 치카카의 박력에 바위도끼 전사들조차 숨을 죽이며 쳐다봤다.

"끄읍."

치카카가 카바투의 오른손 검지를 잘라냈다. 전사에겐 가혹한 중벌이었다. 앞으로 카바투는 활을 쏘지 못할 터였다.

"받아라, 유릭."

치카카가 카바투의 검지를 유릭의 손바닥에 올렸다. 유릭은 카바투의 검지를 화로에 넣어 태웠다. 소란과 갈등은 일순간에 가라앉았다.

"피르가모 전사들의 족쇄를 전부 풀어라. 이제 그럴 필요가 없는 것 같군."

Chapter 2

　유릭은 피르가모의 언어를 배워 나갔다. 피르가모 언어를
배우는 전사가 더 있었지만, 유릭에 비하면 한참 늦었다.

　한 달이 넘자, 유창하진 않아도 최소한의 언어소통은 가능
한 만큼의 수준에 이르렀다. 그간 치카카와 온종일 붙어 있다
시피 했었다.

　피르가모와 소통하고자 하는 유릭의 집념은 대단했다. 치
카카도 유릭의 열의를 보며 감탄했다.

　"정말로 우리 부족과 만날 생각인가?"

　치카카가 활쏘기 연습을 하며 말했다.

　피르가모 전사들은 자유를 되찾았다. 걱정하는 사람도 많
았지만, 유릭은 치카카의 능력을 믿었다. 실제로 그날 이후로

피르가모 전사들은 죽은 듯이 얌전히 지냈다.

"그쪽 부족장과 이야기를 해서 그, 음. 산양전사를 빌리고 싶어."

유릭의 말은 느릿하지만 명확했다. 그는 단어 하나하나를 되새기며 정확한 의미로 말했다.

"죽을 수도 있어. 여기서야 전부 내 명령에 따르지만, 부족에 돌아가면 나보다 권력이 있는 자들이 많아."

치카카는 유릭의 생각에 반대했다. 그는 자신의 부족을 잘 알고 있다. 피르가모는 그 어떤 부족보다 배타적이다. 왜소한 체격을 가진 그들은 자신만의 세상에서 살고 있었다.

"죽지 않을 만한 일만 골라 하며 살아오진 않았어. 이제 와서 죽을 수 있다고 말해봐야 사소할 뿐이지."

유릭이 키득키득 웃었다.

"각오가 충분하다면 내일이라도 당장 출발하지. 가는 길이 멀어. 걸어가는 속도로 맞추면 한참 걸릴 거다."

치카카도 유릭이 알아먹을 만큼 천천히 말했다.

유릭은 바위도끼 전사를 절반으로 나눴다. 절반은 마을에 놔두고, 나머지 절반은 피르가모 부족으로 향했다.

유릭과 오십여 명의 전사가 피르가모 전사들과 출발했다. 살아남은 14명의 피르가모 전사는 가면을 쓰고 산양을 탔다. 작은 덩치라는 말이 나오지 않을 정도로 살벌하고 용맹한 모습이었다.

'작은 체격으로 적과 싸우기 위해 많은 걸 생각했군.'

유릭과 전사들은 빠른 걸음으로 피르가모 전사들을 따라 갔다. 유릭은 전사들을 재촉했고, 그들은 자는 시간까지 줄여 가며 강행군을 했다.

"너무 서두르는 거 아니야? 체력을 아껴."

치카카가 가면을 위로 젖히며 물었다. 유릭이 갑자기 동쪽 을 바라보며 눈살을 찌푸렸다.

"글쎄, 내겐 시간이 많이 없어."

"그게 무슨 의미지?"

"언제 적들이 '하늘산맥'을 넘어올지 몰라."

치카카가 고개를 갸웃했다. 피르가모 부족은 산맥의 영향 권에서 완전히 벗어난 부족이었다. 그들은 산맥의 존재조차 몰랐다.

"흐음."

치카카는 하늘산맥에 대한 설명을 들었다. 여기보다 동쪽 에 있는 커다란 산의 연속. 여태까지 인간이 넘지 못했던 거대 한 세계의 벽이 산맥이다. 그 벽이 무너지고, 발달한 군대가 서 쪽으로 몰려온다.

"난 이미 한 번 경험했어. 놈들은 대단한 전사들이야. 하나하 나는 우리보다 약할지 몰라도, 뭉치면 훨씬 세지는 이들이다."

유릭은 제국군을 두려워하면서도 좋아했다. 제국군만큼이나 아름다운 군대는 본 적이 없었다. 그들은 군 전체가 하나인 것처럼 움직였다. 오로지 전쟁만을 위해 갈고닦은 군대다. 잘 훈련받은 병사들은 북과 나팔, 깃발을 보고 정해진 전략전술을 수행했다. 멀리서 군대 전체가 움직이는 걸 바라보고 있자면 자연의 경외를 보는 듯 가슴이 차올랐다.

"우리 부족이 알 바는 아닌 것 같은데?"

치카카는 유릭의 말을 듣고도 실감이 가지 않았다. 보지도 못한 하늘산맥, 그리고 거기서 넘어오는 군대라고 말해봐야 아무런 감흥도 없었다.

"한번 산맥을 넘고 터를 세우면 금방 여기까지 도달할 거다."

"그 말이 설득력을 가지긴 힘들 것 같군, 유릭."

유릭과 치카카는 보름을 더 걸었다. 강행군인데도 보름이 걸리는 거리였다. 전사들의 얼굴에는 피로가 뚝뚝 묻어나왔다.

치카카가 산양의 고삐를 세차게 당겼다. 그는 바위절벽 사이에 있는 협곡을 가리켰다.

"여길 지나면 우리 영역이다. 외부인이 오는 건 오랜만이라서 다들 경계할 거다. 똑같이 공격적으로 대응했다간 얼굴에 화살이 꽂힐 수도 있어. 그러니 무슨 일이 있어도 내게 맡겨라."

치카카가 유릭에게 당부했다. 유릭은 그 말을 다른 전사에게도 전달했다.

협곡 아래는 서늘했다. 바닥 쪽 바위에는 드문드문 이끼가 보였다. 습한 냉기가 갈라진 절벽 사이에서 흘러나왔다.

"해골을 걸어놨군."

조금 더 지나자, 협곡 좌우에는 해골이 걸린 장대가 꽂혀 있었다. 몸뚱이가 전부 있는 해골도 있었고, 머리만 남은 것도 있었다. 덩치로 봐선 피르가모 부족민이 아니라 외부인의 유해였다.

"경고의 의미지."

치카카가 이를 드러내며 씨익 웃었다.

한참을 걷고 나서야 협곡이 끝났다. 유릭과 전사들이 눈을 크게 떴다.

"숲……."

우거진 숲이 협곡을 지나 보였다. 건기인데도 녹색은 죽지 않았다. 협곡의 틈에서 흘러나온 물줄기가 숲을 향해 흘러가고 있었다.

"빌어먹을! 이놈들이 엄청 좋은 땅을 차지하고 있었군!"

전사들이 감탄이 섞인 욕을 내뱉었다.

"이래서 외부인을 그토록 경계한 거로군."

유릭도 입을 벌리며 숲을 바라봤다. 숲이 한눈에 보이지 않을 정도로 컸다.

'만약 이야기가 잘 풀리지 않으면, 살아서 나가긴 글렀어.'

치카카는 손을 들어서 피르가모 전사 네 명을 먼저 마을로 보냈다.

유릭은 이런저런 이야기를 물어보며 치카카와 움직였다. 치카카도 산양에서 내리며 걸었다.

"보면 알겠지만, 우리가 외부로 나가 인간 사냥을 하는 것도 단순한 이유지."

"여기 올 생각도 못 하도록 겁을 주는 거로군."

피르가모 전사들은 단순히 인간 사냥을 즐기는 게 아니었다. 약탈이든 인간 사냥이든 문명인의 입장에서는 야만적이며 사악한 짓이지만, 그 내막에는 합리적인 이유와 논리가 있었다. 야만인은 문명인의 생각과 달리 멍청한 종족이 아니다. 그들도 문명인처럼 합리적인 사고를 하며 판단하는 인간이다.

"맞아. 좋은 땅이 있다는 걸 알면 부족의 명운을 걸고서라도 쳐들어오는 놈들이 생기니까. 미리미리 힘을 자랑하는 거지."

남쪽에 살고 있는 무시무시한 인간 사냥꾼 부족. 비록 체구는 작지만, 악명을 부풀릴 줄 아는 피르가모의 생존방식이었다. 실제로도 피르가모와 가까운 부족들은 방어에만 급급하며 인간 사냥꾼을 두려워했다.

"저게 다 너희 부족의 마을인가?"

유릭의 눈이 커졌다. 풍요로운 땅은 엄청난 인구를 부양했다.

'이건 마을이 아니라 도시다.'

숲 여기저기서 연기가 피어올랐다. 천막집이 아니라 나무와 흙으로 지은 집들이 여기저기 보였다. 어딜 가도 조그마한 사람들로 북적였다.

"우릴 쳐다보고 있어."

유릭과 전사들은 잔뜩 주목을 받았다. 몰려든 피르가모 사람들은 유릭과 전사들을 보고 뭐라 말하며 나뭇가지로 푹푹 찌르기도 했다.

"무얼 하던 그냥 받아들여. 위협적으로 굴지 마."

유릭이 전사들에게 다시 한번 말했다.

피르가모 사람들은 체구가 작다. 먹는 양도 적다는 뜻이었다. 같은 땅이라도 인구가 훨씬 많았다. 하물며 숲과 강이 흐르는 땅에서는 말할 것도 없다.

'도대체 몇 명이나 되는 거지?'

유릭은 숲과 뒤섞인 마을의 크기를 가늠하지 못했다. 적어도 수천이 넘는 사람이 살고 있다. 어쩌면 만 단위일지도 모른다.

"이야기에 따르면 오래전에 땅이 갈라질 정도로 큰 지진이 있었고, 갈라진 바위절벽 틈에서 치솟은 물줄기가 강이 되었다고 하더군."

피르가모 사람들은 자신들의 땅에게 감사하며 살고 있었

다. 그들도 외부의 혹독한 환경을 알고 있기에, 지금 가진 땅에 만족하며 살았다.

"치카카, 부족장께서 너와 외부인을 부르신다. 가서 사정을 잘 설명하는 게 좋을 거다. 외부인을 데려온 너에 대한 분노가 매우 크니까 말이다."

치카카와 동급으로 보이는 전사가 말했다. 치카카는 고개를 끄덕이며 유릭에게 손짓했다.

유릭은 전사들에게 기다리라고 지시했다. 전사들은 투덜거리면서 구경거리가 된 신세를 한탄했다.

유릭과 치카카가 숲 안쪽으로 더 깊게 들어갔다.

"지금까지의 상황만 봐도 나를 데려오는 건 엄청난 결단이었군, 치카카."

피르가모 부족은 유릭의 생각보다 더 폐쇄적이었다. 유릭의 목숨만 위험한 게 아니었다. 치카카 역시 자신의 지위와 목숨을 걸고 유릭을 데려온 것이었다.

"외부와 연이 닿는 기회는 드무니까. 언제까지 좁은 세상에서 살 순 없어. 우리 부족은 강해. 외부세계로 나갈 자격이 있다고."

치카카가 가면을 벗으며 말했다.

유릭은 사방에서 기척을 느꼈다. 가면을 쓴 피르가모 전사들이 나무 위에서 활을 겨누고 있었다. 유릭은 치카카를 믿었기에 가만히 그들을 바라보며 대응하지 않았다.

나무에만 전사가 있는 게 아니었다. 숲의 공터에는 전사 수십 명이 무기를 들고 서 있었다.

"치카카, 이렇게 무사히 돌아온 걸 보니 일단은 기쁘네."

산양 뿔이 달린 가면을 쓴 사내가 앞으로 나오며 말했다. 그가 바로 부족장이었다. 가면 아래에는 흰색수염이 길게 자라 있었다.

"많은 전사를 잃었습니다. 그 어떤 벌이라도 달게 받겠습니다, 족장님."

치카카가 공손하게 말했다. 피르가모 부족은 위계질서가 엄격한 사회였다.

"그건 늘 있는 일이지. 언제나 그런 위험을 안고 바깥으로 나가는 거니까 말이야."

부족장이 나무밑동에 앉아 지팡이에 턱을 괴었다. 그는 전사로는 이미 은퇴할 나이였는데, 부족장을 하고 있었다.

"이자는 유럭입니다."

"자네가 보낸 전사에게 이야기는 들었네. 자네는 적이 베푼 관대한 친절을 받아서 살아남았더군."

"……저를 손님으로 대했습니다. 그리고 이자는 황무지를 건너 멀리 동쪽에서 온 전사입니다. 우리가 경계하던 부족들과는 다릅니다."

"그래도 외부인인 건 마찬가지지."

부족장은 유릭의 방문을 불쾌히 여겼다. 짧은 대화만으로도 그런 기색이 역력하게 묻어나왔다.

'생각보다 더 보수적이로군.'

유릭의 목적은 산양전사를 빌리는 것이다. 기병이 전무한 연맹에게 산양전사는 필요한 병종이었다.

"이곳 전사의 숫자는 얼마나 되지?"

유릭이 문득 끼어들었다.

"우리말을 할 줄 아는 건가?"

부족장의 눈동자가 커졌다.

"열심히 배웠지. 말은 조금 천천히 해줘. 아직 듣는 것도 말하는 것도 서툴거든."

부족장의 경계가 한결 누그러졌다. 피르가모의 언어를 배워서 이렇게 소통하는 자는 처음이었다. 치카카가 떠난 지는 오래되지 않았다. 유릭은 짧은 시간 동안 피르가모의 말을 배웠다는 뜻이다.

"우리와 이야기를 하려고 밤낮 가리지 않고 제게 말을 배운 사내입니다."

치카카가 최대한 유릭을 포장했다. 언어를 힘들게 배운 것만으로도 진정성이 묻어나왔다. 노력 어린 정성에 침을 뱉는 사람은 없다.

"그렇다면 적어도 이야기해 볼 가치가 있는 사내로군. 여독을 풀고…… 연회에 참석시키게."

부족장이 뒤로 돌며 말했다.

치카카의 표정이 밝아졌다. 그가 유릭을 돌아보며 고개를 끄덕였다.

유릭의 손아귀가 축축했다. 근육에는 뜨거운 땀이 송골송골 맺혀 있었다.

'자칫하면 무기를 뽑을 뻔했어.'

사나운 살기들이 사방에서 쏟아졌었다. 몇 번이나 칼과 도끼를 들고 대응하고 싶은 충동에 시달렸다. 전사의 본능이란 그러한 것이었고, 목숨을 노리는 전사들 앞에서 무방비하게 있는 건 굉장히 거북한 일이었다.

"유릭, 드디어 첫 계단을 올랐군. 내가 해줄 수 있는 건 다했어."

유릭은 고개를 살짝 끄덕이며 치카카에게 감사의 인사를 했다.

서쪽 원정을 떠난 연맹은 무자비하게 짓밟고 약탈하며 정복했다.

'마주치는 부족의 풍습이나 말이 많이 달라. 우리와의 비슷한 점보다 다른 점을 찾기가 쉬울 정도로.'

벨루아는 매캐하게 연기가 솟아나는 마을을 바라봤다. 끝까지 굴하지 않고 저항한 부족이라서 마을을 통째로 태워 부족민을 몰살했다. 사람이 타는 냄새가 났다.

'이 정도의 덩치를 언제까지 유지할 수 있을까?'

연맹 소속은 초창기 하늘산맥의 부족만 있는 게 아니었다. 황무지 너머의 여러 부족들도 연맹에 합류했다.

"여기에 있었군, 벨루아."

사미칸이 벨루아의 등 뒤에서 나타났다. 그는 전투에 참가했는지 온몸이 피칠갑이었다.

"어쩐 일로 직접 전투에 나섰지?"

벨루아가 코웃음 치며 사미칸의 꼴을 바라봤다.

"가끔은 앞장서서 싸워야 전사들이 따라오는 법이지. 사미칸의 칼이 녹슬었다는 말이 전사들 사이에서 돌면 안 되거든."

사미칸이 물주머니를 들었다. 그는 물을 머리 위로 부어서 피를 대충 닦아냈다.

'사미칸.'

벨루아가 눈을 가늘게 떴다. 그녀는 사미칸을 노려봤다. 푸른안개 부족을 단시간에 키워냈으며, 무지막지한 확장을 이룬 사내다. 이견 없는 연맹의 수장이었으며, 그가 세운 업적은 전사들의 입을 타고 길이길이 칭송받을 것이다.

'자신을 포장하고 남들 위에 있는 방법을 안다.'

밑 사람 입장에서 시마칸을 올려다보면, 사미칸은 대단한 사람이었다. 하지만 벨루아는 사미칸의 밑에 있는 사람이 아니었다.

'옆에서 보자면 가끔 구역질 나기도 하는 놈이지.'

사미칸은 소름 돋도록 냉정하고 계산적이었다. 사미칸의 모든 행동에는 이유가 있었다.

"우린 어디까지 진군하는 거지?"

벨루아가 물었다. 부족회의를 통해서 정하긴 하지만, 연맹은 사미칸의 뜻대로 움직인다고 보면 된다. 회의에 참석하는 부족장의 절반은 사미칸의 수하나 마찬가지다.

사미칸의 정치력과 장악력은 삼대 부족장 중에서 최고였다. 벨루아도 나름 정치력이 있는 편이었지만, 새로 합류한 부족장들은 여자 부족장을 윗사람이라고 쉬이 인정하지 않았다.

"끝이 보일 때까지……."

사미칸이 손가락을 들어 서쪽 지평선을 가리켰다.

"너무 멀리 가면 돌아오지 못할 수도 있어."

"우린 우리가 사는 땅조차 제대로 모르고 살아왔다. 적어도 사내로 태어났으면 두 다리로 이 땅이 연결된 곳 끝까지 가봐야지. 너는 계집애라서 이해하지 못할지도. 큭큭."

사미칸은 노골적으로 벨루아를 도발했다. 벨루아는 그런 도발에 익숙했다. 여자라는 태생적 신분은 항상 걸림돌이었다.

"높게 솟아오른 태양도 언젠가는 저무는 법이지, 사미칸."

벨루아가 자신의 운철단도를 꺼내 암염에 저민 고기를 잘랐다. 그녀는 고기를 으적으적 씹으며 타오르는 마을을 바라봤다.

"지금이 정점이라고 생각하나? 내 생각에는 아니야. 아직 우린 정점에 이르지도 못했어. 앞으로 우리 세계는 부족 단위가 아니라 더 큰 단위로 얽힐 거다. 이미 연맹 내에서도 하늘산맥의 부족들. 그래, 서로 다른 부족이라 생각하던 바위도끼, 푸른안개…… 그리고 붉은모래는 하나로 묶였지."

하늘산맥의 부족들은 서로를 의지했다. 언어와 풍습이 완전히 다른 부족들을 만나자, 그전에 적이었던 이웃들이 사실은 형제라는 걸 깨달았다. 이번 원정으로 전사들의 사고방식에도 크나큰 변화가 찾아온 셈이다.

'더 넓은 세상을 보면 생각도 바뀌는 법이지, 유릭처럼.'

가장 먼저 산맥을 넘어 다른 세상을 경험한 유릭. 이제야 전사들은 유릭의 말뜻을 조금씩 이해했다. 조그마한 우물에서 다투던 게 바보 같았다.

"산맥 너머에는 '국가'와 '왕'이라는 게 있다."

"나도 들었어. 넓은 영토를 가진 부족과 그 지배자를 말하는 거지."

"부족장이라는 명칭만으로는 내 지위를 설명하기 힘들어. 난 '왕'이나 마찬가지다."

벨루아가 그 말을 듣더니 혀를 찼다.

"오만하군."

"물론 다른 부족장은 그런 명칭을 받아들이지 못하겠지. 우리의 전통에서 어긋난 말이니까."

"지루한 이야기로군. 대족장 정도로 만족해라."

벨루아가 자리를 뜰 것처럼 말했다.

"내가 연맹을 완전히 지배하려면 하늘산맥 아래에 부족들을 확실히 엮어야 돼. 유릭과 나는 형제가 되었지만, 너와는 아무런 관계가 아니지."

"……그래서?"

사미칸이 벨루아의 손목을 잡았다.

"내 아들을 낳아라, 혼인과 자식은 확고한 동맹이자 약속이지. 네가 여자인 게 이번만큼은 행운인 거다."

"너는 목숨이 서너 개라도 되는 모양이지?"

벨루아가 이맛살을 찌푸렸다. 그녀는 운철단도를 들어서 사미칸의 목젖을 겨누었다.

"벨루아, 나는 이용할 수 있는 건 뭐든 이용할 거다."

"미안해. 나는 이용당할 생각이 없거든. 집어치워. 나는 붉은모래의 벨루아다. 철을 다루지도 못하는 사내에게 안길 생각은 추호도 없어."

"……언제든 내키면 내 천막으로 찾아와라."

사미칸은 이번 원정을 통해 통합의 중요성을 알았다. 되도록이면 부족끼리 끈끈하게 엮이는 게 좋았다.

'유릭의 말대로 산맥 너머의 적이 나타나면 우린 더 단단히 뭉칠 거다. 하늘산맥의 부족만이 아니라 이 땅의 모든 부족들이 외적에 맞서 하나가 되겠지.'

외부의 적을 이용한 통합.

사미칸은 산맥 너머의 적을 두려워하지 않았다. 오히려 그들이 나타나기만을 기다렸다. 이미 사미칸과 연맹은 싸울 준비가 되었다. 강대한 적을 물리치고 전설이 되는 일만 남았다.

유릭은 피르가모 부족의 야외연회에 참석했다. 일단은 치카카와 전사들의 귀환을 축하하는 자리였다.

'간에 기별도 안 가는군.'

유릭은 조금씩 담겨 나온 음식을 보며 생각했다. 광활한 숲을 가진 부족답게 음식은 신선하고 다양했다. 맛은 있었으나 그 양이 너무 적어서 좀처럼 잘 먹었다는 느낌이 들지 않았다.

'지금 같은 상황에서 막 주워 먹는 것도 눈치가 보이고 말이야.'

유릭은 입맛만 다시며 연회장을 둘러봤다. 피르가모 전사들은 통나무로 만든 식탁 위에 둘러앉았다.

"곧 부족장이 올 거다. 부족의 조언자와 회의했을 거야. 아마도 좋은 결론이 나오진 않았겠지."

치카카가 유릭 옆에 앉으며 말했다.

"그 정돈 각오했어. 그래도 이야기라도 해준다는 건 가능성이 있다는 말이잖아?"

"긍정적인 태도는 좋지."

치카카가 웃었다. 유릭은 손가락만 한 굼벵이구이를 하나 들어서 입안에 넣었다. 겉은 바삭했지만 안쪽은 설익어서 굼벵이의 진득한 체액이 입안에서 퍼졌다.

"우후호오오오!"

흥에 취한 전사들이 소리를 지르며 공중제비를 돌았다. 피르가모 전사들은 굉장히 몸이 날랬다.

"조용!"

주홍가면을 쓴 전사가 땅바닥을 창대로 두드리며 외쳤다. 유쾌하게 뛰어놀던 전사들이 순식간에 입을 다물었다.

"드디어 나오시는군."

유릭도 자리에서 일어섰다. 피르가모 부족장이 친위대를 이끌고 야외연회장으로 들어섰다.

"식사는 입에 맞는지 모르겠군."

피르가모 부족장이 의례적으로 말하며 자리에 앉았다.

"신선하고 좋아. 생명이 잔뜩 느껴지는 맛이네."

유릭은 솔직하게 감탄했다.

"그거 다행이로군. 마지막 식사가 될 수도 있으니까."

피르가모 부족장이 차갑게 말했다. 유릭은 물론이고, 연회에 참석한 바위도끼 전사들도 표정이 굳었다. 칼춤을 추던 피르가모 전사들도 허리춤에서 가면을 꺼냈다.

"벌써부터 협박인가? 쓰읍."

유릭이 도끼를 꺼냈다. 그는 통나무 식탁에 도끼를 꽂아놓고 다시 자리에 앉아 팔짱을 꼈다.

피르가모 전사들의 눈동자가 강철도끼에 모였다. 도끼의 광채가 예사롭지 않았다.

유릭이 주변을 둘러봤다. 이미 피르가모 전사들이 연회장을 둘러쌌다. 활을 겨눈 자들도 나무 위에 보였다.

"이런 식으로 경고하긴 싫었지만…… 날 죽이면 오천이 넘는 전사가 여길 찾아내 박살 낼 거다."

유릭이 천천히 말했다.

"우리가 박살 나는 꼴을 너는 보지 못하겠지. 그때쯤이면 정령이 네 영혼을 인도하고 있을 테니까."

피르가모 부족장이 피식 웃었다. 그는 손을 높게 들었다. 손을 아래로 내리면 바로 공격이 시작될 것이다.

"나는 바위도끼 부족장 유릭이다. 여긴 접대의 관습이 시원 찮군. 손님으로 온 자도 죽이는 건가?"

"접대의 관습은 동족끼리나 먹히는 이야기지. 우린 너희 같은 멀대들을 동족으로 인정하지 않는다."

피르가모 부족장과 유릭의 대화가 거칠었다.

가장 초조해하는 건 치카카였다. 그는 이러지도 저러지도 못하다가 이를 꽉 물었다.

"유릭은 제 손님으로 데려왔습니다."

치카카가 부족장을 향해 고개를 들었다.

"그건 네 실책이다, 치카카. 나는 조언자들과 이야기를 끝냈다. 우리의 위치를 알고 있는 외부인을 돌려보내는 건 위험해."

"조언자들의 이야기는 그렇겠죠. 하지만 조언자들은 바깥 세상을 보지 못한 자들입니다. 저, 아니, 우리 산양전사들은 항상 외부세계와 접촉했습니다. 멀대들을 잡아 죽이며 우리를 두려워하게 만들었죠. 그러나 이번만큼은 다릅니다. 저자들은 우리를 두려워하지 않을 겁니다. 우리보다 많은 전사들을 가졌기 때문이죠."

치카카의 말에 전사들이 웅성거렸다. 특히 치카카와 함께 온 전사들은 동의하듯 고개를 끄덕였다. 그들은 마을 안에서 엄청난 숫자의 전사들을 봤었다. 지금까지 부족사회에서 없었던 군대였다.

"우리가 질 거란 말인가? 치카카, 전사를 잃고 돌아오더니 겁쟁이가 되었나 보군."

"바깥세상에 나가본 적도 없으면서 입으로만 용맹한 자들도 있지요. 입으로는 누구나 싸울 수 있습니다."

치카카의 과감한 발언에 연회장이 술렁거렸다. 특히나 산양전사들은 치카카의 말에 공감했다. 산양전사들은 언제나 산양을 타고 최전선에서 싸웠다.

'치카카…….'

유릭은 대화를 전부 이해하진 못했지만, 어떤 분위기인지는 알았다. 치카카가 부족장과 조언자들의 의견에 반기를 들었다. 위계질서가 엄격한 피르가모 부족에선 파격적인 행동이었다.

"저자의 협박을 거들다니! 제정신이 아니로군, 치카카!"

피르가모 부족장이 노성을 터뜨렸다. 치카카는 움찔하면서도 눈 하나 깜빡하지 않았다.

"제가 본 걸 말했을 뿐입니다. 산양전사들이 바깥세계의 부족과 싸워 이겼기 때문에 피르가모는 지금까지 안전했죠. 하지만 바깥세계는 변하고 있습니다. 여러 부족이 뭉치고 있죠. 놈들이 뭉치고 나면, 산양전사도 공포의 존재로 남아 있지 못할 겁니다."

피르가모 부족은 풍요로운 땅에 안주했던 부족이다. 그들은 외부와 접촉을 꺼렸다. 배타적인 전통이 하루아침에 무너지진 않는다.

"치카카의 말도 일리가 있소, 부족장. 갈수록 인간 사냥을 나갔던 산양전사들의 피해가 커지고 있지. 이번처럼 산양전사들이 대거 죽는 경우가 많아질 거요."

꽤나 연륜이 쌓인 산양전사가 치카카의 말을 거들었다. 그 말에 용기를 얻은 전사들이 하나둘씩 수군거리며 말을 거들었다.

유릭은 미묘한 분위기의 변화를 읽어냈다. 그는 아직 피르가모어가 미숙했기에 머릿속으로 말을 한 번 곱씹었다. 중얼거리며 연습을 한 후에 입을 열었다.

"나, 아니, 우리들은 피르가모 부족을 형제라 받아들일 거다. 믿어도 좋아. 우리 연맹에는 당신들처럼 강하고 용맹한 전사가 필요해. 지금까지 수많은 부족들을 봤지만, 피르가모처럼 산양을 타고 노련하게 싸우는 부족은 없었다. ……난 여기 부족장만큼이나 높은 지위를 가지고 있어. 그런 내가 위험을 무릅쓰고 목숨을 걸 만큼 이곳 전사들을 높게 평가하고 있지. 내 죽음은 전쟁의 시작이며, 내 생환은 교류의 시작이 될 거다."

유릭의 말에 피르가모 전사들이 눈을 크게 떴다. 남에게 인정받는 걸 싫어하는 사람은 없다. 산양전사들 입장에서는 저런 말을 하는 유릭을 죽이기가 꺼림칙했다. 분명히 유릭은 선의를 가지고 피르가모 전사들을 대했다.

"……지금까지는 부족장인 내 입장이었고, 그런데도 전쟁을 택하겠다면 나는 전사로서 전력을 다해 대항하겠다. 꿈에서라도 날 잊지 못할 만큼 신나게 날뛸 거야. 적들의 공포가 되는 건 전사의 자랑이지, 산양전사처럼 말이야."

유릭이 맹수처럼 이를 드러냈다. 그가 식탁에 놓인 도끼를 들며, 허리춤에 매단 칼도 같이 뽑았다.

대화를 이해하지 못한 바위도끼 전사들도 무기를 뽑으며 전투자세를 취했다. 그들과 유릭은 형제이며 공동운명체였다. 죽든 살든 부족장을 따라갈 뿐이다.

피르가모와 바위도끼 전사 사이의 공기가 뻑뻑하게 느껴질 정도로 긴장이 감돌았다.

싸움의 끝은 뻔했다. 유릭과 전사들은 살아서 이곳을 나가지 못한다. 발버둥 치고 싸워봐야 기다리고 있는 건 죽음. 전사는 언제나 죽음을 곁에 두고 살아간다. 그들은 죽음을 연인처럼 사랑하며, 원수처럼 증오한다.

전사라면 예정된 죽음이 기다릴지라도, 마지막까지 무기를 들고 달콤하게 죽음을 마셔야 하는 법.

"후우."

유릭이 심호흡했다. 오싹하다. 죽음이 앞에 있다.

'최후가 다가오더라도, 담담하게.'

유릭은 칼을 앞으로 뻗었다. 누렇게 빛나는 눈동자에는 두려움이 없었다.

'내가 본 전사들은 최후까지 당당했다. 죽음을 두려워하지 않고, 자신의 죽음을 응시했지.'

유릭의 손을 거쳐간 전사들의 죽음. 눈을 감으면 아직도 생생한 그들의 자취. 제각기 다른 죽음을 맞이했으나, 한결같이 의연했다.

'나도 그러한 전사가 되고 싶다. 죽음에 쫓겨 도망가지 않는 전사. 부조리한 삶과 세상을 그대로 받아들이며 꺾이지 않는 사내.'

칼을 든 손가락이 힘이 들어간다. 도끼로는 어떤 적도 쪼개버릴 수 있을 것 같았다.

"치카카, 내게서 멀어져라."

유릭이 말했다. 그가 고요히 눈을 감았다가 떴다.

"우리 부족이 너를 적대하기로 결정했다면, 나는 거기에 따를 수밖에."

치카카가 뒤로 물러나며 가면을 썼다. 붉은색과 물색이 뒤섞인 가면이었다.

"원망하지 않아. 그게 전사라는 거지. 자, 올 테면 와라."

유릭은 팔을 교차하며 무기를 부딪쳤다. 경쾌한 쇳소리가 났다.

피르가모 부족장은 바위도끼 전사들이 준비가 끝나길 기다렸다. 기습은 하지 않았다.

꾸욱.

피르가모 부족장은 들어 올린 손으로 주먹을 쥐었다. 피르가모 전사들이 당겼던 활시위를 내려놓았다.

"정말로 죽음을 각오하고 여기까지 온 거로군. 어째서지?"

피르가모 부족장이 천천히 가면을 벗었다. 회색수염이 길었고, 주름은 자글자글했다.

"말했잖아. 산양전사에겐 내 목숨을 걸 만한 가치가 있어. 왜 말을 해도 다들 믿지 못하는 거지?"

"단지 정말 그런 이유인가?"

"그것 말곤 뭐가 중요해? 내겐 우수한 전사가 필요하다."

유릭의 말에 피르가모 부족장이 웃었다. 그 웃음을 본 바위도끼 전사들이 안도하며 무기를 든 팔을 느슨하게 떨어뜨렸다.

"그대의 동족처럼 우리의 전사들을 대우할 건가?"

"물론이다. 내 부족과 내 이름을 걸고 맹세할 수 있어. 우리와 똑같이 전리품을 나눠 받을 거다."

"그대를 따라 바깥세계로 나가겠다는 전사들에 한해서 보내겠다."

공기를 죄던 긴장감이 사라졌다. 피르가모 부족장은 유릭과 바위도끼 전사들의 안전을 약속했고 부족끼리의 교류를 허락했다.

"바깥세상과 소통을 시작한 위대한 부족장으로 기억될 겁니다."

피르가모 전사들이 부족장에게 예를 갖추며 말했다.

피르가모 부족장은 다시 가면을 쓰곤 연회를 계속하라 명했다. 피르가모 전사들이 산양가죽으로 만든 북을 쳤다. 날랜 전사들이 춤을 추며 펄떡펄떡 어지럽게 뛰어다녔다.

"사, 살았다. 제기랄, 뒈지는 줄 알았네."

바위도끼 전사들이 자리에 앉으며 땀을 닦았다.

"유릭, 피르가모 부족장이 우릴 살릴 거라고 확신하고 있었던 거야? 역시 눈썰미가 남다르군. 정말 죽을 때까지 싸우는 줄 알았어."

전사들이 유릭을 칭찬했다. 유릭은 어깨를 으쓱하며 전사들을 바라봤다.

"아니, 진짜 싸울 생각이었는데? 그럼 어떡해? 방법이 없었잖아."

"야, 이……."

유릭의 대답을 들은 전사가 뭐라 말을 하려다가 고개만 절레절레 흔들었다.

"뭐, 결과가 좋으면 된 거지."

"우리 부족장께서 용맹한 건 좋은데, 우리 목숨은 다들 하나밖에 없어."

"그거 우연이네. 내 목숨도 하나밖에 없는데."

유릭이 대꾸하자 전사들이 웃어댔다. 그들은 피르가모 부족이 내놓은 음식과 술을 마시며 즐겼다. 흥취가 오른 전사들이 손뼉을 치고 몸을 흔들며 자신보다 한참이나 작은 전사들과 어울렸다.

밤이 깊어갔지만, 유릭은 깊게 취하지 않았다.

'피르가모 부족은 명예를 아는 전사들이 있는 곳이다. 한 입으로 두 말을 하진 않겠지만, 조심해서 나쁠 건 없지.'

주변에는 아무렇게나 곤히 잠든 전사들이 있었다. 유릭은 그들 사이를 한 바퀴 돌면서 술을 마시고 머리가 깨진 자가 없는지 확인했다.

인원확인을 마친 유릭이 타오르는 모닥불을 바라봤다. 유릭은 혼자서 이렇게 모닥불을 보는 걸 좋아했다. 불꽃이 잡념을 태우듯 마음이 차분하다.

부스럭.

유릭이 눈을 들었다.

수풀에서 나온 건 피르가모 부족장이었다. 그는 유릭 앞에 앉았다.

"나이도 어린데 부족장이라는 책임을 지고 있군."

"그쪽이 너무 늙은 게 아닐까?"

"우리말을 아주 잘하는군."

"무언가를 배우는 건 익숙해."

피르가모 부족장이 모닥불 위로 손을 얹으며 웃었다.

"이 나이가 되면 말이지, 새로운 걸 생각하고 배우는 게 두려워지지."

"알아. 자기가 살아온 삶의 방식을 부정하는 건, 자신의 인생을 부정하는 거지. 나는 그런 노인네를 여럿 봤어. 결국 죽을 때까지 바꾸지 못하더군."

피르가모 부족장이 눈을 크게 떴다. 유릭의 입에서 나온 말에는 고단한 경험이 녹아 있었다.

"이름이 유릭이라고 했나?"

피르가모 부족장은 그제야 유릭의 이름을 뇌리에 단단히 새겼다.

"바위도끼의 유릭이다."

"아비는?"

"없어. 버려진 나를 우리 부족이 거뒀지."

"대지의 아들, 유릭이로군."

"하하, 쓸데없이 거창하네. 그냥 고아인 거지."

유릭과 피르가모 부족장은 이런저런 이야기를 나눴다.

"산양전사들은 젊고 혈기가 넘치는 자가 많아. 나이가 들어 눈과 손이 느려지면 산양을 타기 힘들거든."

피르가모 부족장은 대부족을 이끌고 있었다. 피르가모는 전사의 숫자만 이천이었고, 그중에서 산양전사는 오백가량이었다.

'제국으로 따지면 백작령 하나에서 기병이 오백이나 나오는 거지.'

피르가모 부족은 단독으로 싸워도 어지간한 부족보다 강할 터다.

"부족장이 되면 가장 먼저 부족의 안전을 생각하게 돼. 그러다 보니 점점 새로운 선택을 하기 힘들어져. 어쩌다 위험을 무릅썼다가 실패하면 그 책임은 부족장이 져야 하지. 자넨 용맹한 전사지만, 부족장이라면 자신의 전사들을 위험에 빠뜨리는 행동을 해선 안 되네. 내가 마음을 바꾸지 않았다면, 지금쯤 자네들은 영혼이 없는 몸뚱이로 바닥에 뒹굴고 있었겠지."

"우린 전사의 부족이다. 싸움과 죽음을 두려워하지 않아."

"전사라면 그렇지! 하지만 부족장은 두려워해야 돼. 자신의 선택으로 누군가가 죽는 걸 무척이나 두려워해야 하지. 내 경험에서 묻어나온 조언이네. 젊은 부족장 유릭, 그걸 받아들일지 말지는 자네의 선택이야."

"기억해 두지."

피르가모 부족장이 자리를 떴다. 유릭은 그의 등을 바라봤다. 자신의 절반밖에 되지 않는 사내였지만, 무척이나 크게 느껴졌다.

'저 사내도 많은 생각을 했겠지. 부족의 미래만을 위해…… 무엇이 옳은 선택인지를 끊임없이 고뇌했을 거야. 그게 부족장인 거다.'

무엇이 옳은 선택이었는지는 결과가 나와봐야 아는 법이다. 그렇기에 모두를 대신해 선택을 하는 부족장은 보이지 않는 미래를 끊임없이 걱정하며 옳은 길을 찾아 헤맨다.

'미숙했다. 나는 내 목숨만이 아니라, 부족의 전사들도 죽일 뻔했어. 하지만 내 과감한 판단과 용기 있는 결단이 좋은 결과를 이끌어냈지.'

성공하면 용단이요, 실패하면 만용이다.

'항상 정답을 찾을 수 있다면, 그것 나름대로 재미가 없는 인생이겠지.'

유릭이 피식 웃으며 모닥불에 장작을 더 집어넣었다.

"돌-거어어어억!"

연맹의 전사들이 울부짖는다.

뿌우우우우!

뿔나팔 소리가 길게 퍼지고, 북을 가슴에 걸친 전사들이 일정한 간격으로 북을 치며 전사들의 심장이 두들겼다.

연맹에 대항하는 부족들은 날로 거세졌다. 외적의 침입에 뭉치는 건 그들도 마찬가지였다. 뒤늦게나마 여러 부족이 전사를 모아 연맹에 대항했다. 그 숫자는 삼천에 이르렀다.

서부 역사상 유례가 없던 대규모 전투였다.

"하늘이 우릴 돌보고 있다!"

"사미이이이-칸!"

전열에 선 건 푸른안개 전사였다. 그들이 원정으로 쌓은 전투경험은 남달랐다. 수많은 실전으로 다져진 전술수행능력은 연맹의 정예라고 해도 과언이 아니었다.

"적은 아이와 노인네들투성이다!"

적의 숫자는 삼천 명. 하지만 숫자도 병력의 질도 연맹이 압도했다.

연맹의 전사들은 기량이 절정에 이른 사내들이다. 그러나 적들은 부랴부랴 무기만 들 수 있다면 아이든 노인이든 할 거 없이 끌어모은 어중이떠중이였다.

투두두두두!

전장에 낯선 소리가 퍼졌다. 연맹의 뒤에서 삐져나온 파르가모 별동대였다.

"우호오오오오!"

가면을 쓴 피르가모 전사들이 소리를 질렀다. 그들은 한 손으로는 산양의 뿔을 잡고, 다른 손으로는 고삐를 당기며 상체를 앞으로 숙였다.

"인간 사냥꾼들이다!"

"난쟁이들이 나가신다!"

연맹의 전사들도 피르가모 전사들을 보며 외쳤다. 연맹에 합류한 피르가모 전사는 삼백여 명. 전원이 산양전사라는 걸 생각하면 어마어마한 전력이었다.

"고향을 위해!"

산양전사 무리의 선두에서 달리던 치카카가 외쳤다.

"피르가모오오오오!"

산양전사들이 외치며 활시위를 당겼다. 그들은 재빠른 기동력으로 적들의 옆으로 돌아서 활을 쐈다. 그들이 시선을 분산시키는 사이에 연맹의 본대가 달려들며 적과 충돌했다.

"가뭄처럼 무자비하게!"

연맹이 적들을 밀어냈다. 전사의 물결이 지나가자 시체만이 남았다.

"도, 도망가-!"

급조한 군대는 사기가 낮았다. 전사라고 불리기 힘든 자들도 끼어 있는 터라, 단 한 번의 돌격에 전열이 무너졌다.

"저 괴물 같은 놈!"

선두에 선 한 명의 전사를 보며, 아군과 적군 가릴 것 없이 그런 말을 내뱉었다.

"가라아-!! 바위도끼 전사들아! 우리의 공을 누구에게 뺏길쏘냐!"

피로 몸을 씻은 듯이 시뻘건 유릭이 외쳤다. 그는 전장에서도 눈에 띄는 존재였다. 철갑옷 때문이 아니었다. 이미 투구는 답답해서 벗어 던진 지 오래였다.

유릭의 앞을 가로막는 자들은 일격에 죽어나갔다. 그 무위에 억눌린 적들이 뒷걸음치기 바빴다.

"유-우-우-우릭!"

바위도끼 전사들이 유릭을 따르며 용맹하게 돌진했다. 바위도끼 전사들은 연맹에서도 두드러지게 뛰어난 돌격력을 지녔다. 제일가는 전사이자, 부족장 유릭이 가장 앞장서서 달리는데 따라가지 않을 전사가 없었다.

"가장 먼저 전리품을 쓸어 담는 건 우리 바위도끼다!"

유릭이 뒤를 보며 도끼를 들어 올렸다. 도끼날에서 피가 뚝뚝 떨어졌다.

적들이 와해되었다. 삼천이라는 숫자도 그저 허수에 불과했다. 전장에서 숫자만큼 중요한 건 병력의 질과 사기다. 사기가 낮은 병력은 밀리는 상황에서는 없는 거나 마찬가지였다.

"오우우우우!"

승리한 전사들이 시체를 짓밟으며 무기를 들어 올렸다. 연맹의 손실은 거의 없다시피 했다.

연맹은 서부를 길게 가로지르며 마주친 부족들을 굴복시켰다. 지금 연맹의 전사 숫자는 합류한 전사까지 합쳐 육천이 조금 넘었으나, 재건이 끝난 부족들의 전사까지 소집하면 1만이 훌쩍 넘는 전사가 모일 터다.

'대규모 소집은 사미칸도 섣불리 하긴 힘들다. 전사를 소집했는데 그만한 대가를 지불하지 못하면 힘겹게 쌓은 사미칸의 지위도 흔들리지.'

유릭은 피를 닦아내며 하늘을 바라봤다. 원정도 막바지였다.

'비릿하고 짠 냄새가 난다.'

하늘산맥에서 온 부족들에게 낯선 냄새였다.

연맹은 언덕을 넘었고, 바닷바람을 맞고 자란 숲을 지나갔다. 웅성거리는 목소리가 커졌다. 바다의 존재를 아는 부족도 있었으나, 하늘산맥에서 온 부족들은 바다라는 개념조차 없었기에 큰 충격을 받았다. 과거의 유릭이 그랬듯이, 전사들은 바다를 보며 경악했다.

마시지 못하는 짠물, 끝이 보이지 않는 물결.

바다를 보지 못한 자들에게 말해봐야 소용없다. 직접 보지 않으면 모른다.

　"여기가 서부의 끝이로군."

　유릭이 웃었다. 원정은 끝났다.

Chapter 3

유릭은 해안마을을 걸었다. 약탈이 시작되자 비명이 여기저기서 들렸다.

'제법 규모가 크군.'

유릭도 전사 열댓 명을 이끌고 통나무로 지은 마을회관으로 들어섰다. 고래 뼈 따위가 장식된 회관 안에서는 노인들이 벌벌 떨고 있었다.

"유릭, 이리와 봐."

무언가를 발견한 전사 한 명이 유릭을 불렀다. 유릭은 회관 안쪽으로 들어갔다.

"보물이라도 발견했어?"

"그런 것 같아. 처음 보는 물건이다."

회관의 창고에는 마을의 보물을 모아두고 있었다. 물물거래로 쓸 진주나 금과 은으로 만든 세공품 따위였다. 그중에서 전사가 들어 올린 건 주먹 크기의 조각상이었다.

"……'비취'."

유릭이 중얼거렸다.

"비취?"

"이리 줘봐."

전사가 들고 있는 건 순한 연두색의 비취조각상이었다. 정교한 조각상은 유릭에게 낯설지 않았다.

'북부의 동방신물처럼 용 모양은 아니야. 사람조각이지만 처음 보는 복식이다. 조각인데도 옷이 펄럭일 것처럼 품이 넓어.'

유릭은 넋이 나간 듯 비취조각상을 바라봤다.

'이곳 부족에서 만든 건 아니다. 다른 세공품과 비교해도 세공방식이나 정교함이 남달라.'

유릭이 비취조각상을 들고 회관의 노인들에게 다가갔다.

"이건 어디서 난 거지?"

말은 통하지 않지만, 유릭이 비취조각상을 가리키며 으름장을 놓았다. 노인들이 부들부들 떨면서 말을 더듬었다. 그들은 손을 들어서 바다뿐인 서쪽을 가리켰다.

유릭이 눈을 크게 떴다. 그가 입술을 나직이 떨었다.

"통역을 불러와."

유릭은 통역이 올 때까지 비취조각상을 바라봤다.

'동방신물이 어떻게 서쪽 끝에서 발견된 거지?'

유릭은 동방신물과 지금 자신이 보고 있는 비취조각상이 같은 곳에서 나온 거라 확신했다. 하지만 연결고리가 도무지 잡히지 않았다. 동방신물은 제국의 동쪽 바다를 건너온 물건일 터다.

'여긴 까마득히 머나먼 서부의 끝이다.'

대륙의 끝과 끝에서 발견된 두 개의 비취조각상.

유릭이 부른 통역 두 명이 들어오더니 노인에게 말을 걸었다.

"그 물건은 그저 선조에게 물려받은 거라고 합니다. 전설에 따르면 표류해 해안가로 밀려온 이방인에게 선물로 받은 거라고 하더군요. 그 보물을 대가로 선조들은 이방인에게 먹을 걸 주고 보살폈다고 합니다."

"그 이방인은 지금 어디에 있는 거지?"

유릭이 조각상을 바라봤다. 조각된 사람의 복식이 낯설다. 윗도리와 소매가 펑퍼짐하다. 유릭은 그 어디서도 이런 복식을 보지 못했다.

"휴식을 취한 이방인은 배를 만들어 다시 서쪽으로 갔다고 합니다. 자신이 왔던 곳으로요."

"이방인의 생김새는?"

통역이 그 말을 전달했다. 노인들이 서로의 얼굴을 보며 한참이나 떠들었다. 구전된 이야기는 서로 조금씩 다르게 전달된 듯했다. 이윽고 잠잠해지면서 노인 하나가 통역을 향해 입을 열었다.

"검은 머리카락과 검은 눈."

통역이 유릭에게 말을 전달했다. 유릭은 머리에 천둥이 치는 듯했다. 그는 기억을 더듬었다.

'동쪽 바다 너머로 다른 땅이 있다는 전설이 우리에게 있네. 우리의 조상 중 누군가 동쪽의 땅을 밟고 돌아왔다는 전승이지. 그곳에는 검은 머리카락과 검은 눈을 가진 자들이 살고 있다고 하더군.'

오래전에 스벤이 했던 말이었다. 당시 유릭은 별생각 없이 그 말을 넘겼었다.

'비취조각상과 검은 머리와 검은 눈을 가진 사람.'

우연일 리가 없다. 하지만 동쪽과 서쪽 끝에서 어떻게 같은 사람을 만날 수 있을까?

"유릭, 다른 부족들이 오고 있어. 일단 보물부터 챙기자고."

바위도끼 전사가 말했다. 유릭은 고개를 끄덕이며 비취조각상을 허리에 매단 가죽가방에 넣었다.

승리한 연맹은 연회를 즐겼다. 낯선 바닷물고기로 만든 음식을 먹으며 원정의 성공을 자축했다.

"우린 서쪽의 끝에 도착했다!"

"우리를 막을 자가 누구더냐!"

"우홋! 호우! 호우!"

밤이 무색할 정도로 사방에서 대형 모닥불이 피어올랐다.

어딜 가도 알몸의 여자들을 볼 수 있었다. 전사들은 마음에 드는 여자를 안고는 다시 모닥불 근처로 돌아와 술을 마셨다.

연맹은 혹독한 건기를 약탈로 견뎠다. 연맹의 전사 숫자만큼 약탈당해 죽은 사람이 있었다. 하지만 그 누구도 죄의식을 느끼지 않았다. 서부는 언제나 자원이 부족했고, 누군가는 죽어야 했다.

살아남았다는 기쁨. 전사들은 넘치는 생명력을 온몸으로 표현했다.

'동쪽과 서쪽.'

유릭이 해안가에 서서 바다를 바라봤다. 정박된 낚싯배가 보였다. 바다를 처음 본 전사들은 짠물에 들어가 날뛰었다. 그들은 아이처럼 순진무구한 웃음을 터뜨리며 물놀이를 했다.

'이 바다 끝에 무엇이 있을까?'

동쪽 바다 끝에는 동대륙이 있다는 전설이 있다.

'서쪽에서 온 이방인이 동대륙의 보물을 가지고 있으며, 생김새도 아마 똑같겠지. 검은 머리와 검은 눈이라는 특징이 일

치했으니까.'

궁금해서 견디기 힘들었다. 당장에라도 바다를 건너고 싶었다.

"제길."

유력이 애꿎은 모래를 걷어찼다. 그는 어깨가 무거웠다. 이 책임을 내던지고 멋대로 떠날 순 없었다.

'나는 부족장이다.'

더 이상 유력은 자유인이 아니었다. 자신의 호기심과 욕망에 따라 행동하지 못했다. 가장 우선해야 할 건 부족장의 사명이다.

유력이 바다를 보는 사이에, 벨루아가 옆으로 걸어왔다.

"이게 바다라는 건가? 멋지군. 끝이 보이지 않는 호수라는 표현이 딱 맞아."

"하늘산맥 출신들은 처음 보는 거겠지."

바다는 넓었다. 벨루아도 바다를 보며 잠시 감상이 젖었다가 입을 뗐다.

"곧 사미칸은 스스로 대부족장이라 칭할 거다."

"원정을 시작할 때부터 사미칸을 연맹의 장으로 우리가 삼았잖아. 이제 와서 뭘 새삼스럽게 놀란 척을 해?"

벨루아가 인상을 찌푸렸다.

"그때는 사미칸이 이 정도로 야심이 크다곤 생각하지 못했으니까. 난 솔직히 말해서 서쪽 끝까지 도달할 줄은 몰랐다. 황무지를 넘고 적당히 약탈하다 돌아올 줄 알았어."

"넌 사미칸을 우습게 봤군."

유릭이 멀리서 타오르는 모닥불을 바라봤다.

"유릭, 사미칸은 야망이 큰 남자다."

"그런 야망도 없이는 아무것도 하지 못해. 사미칸에게 그런 야심이 있기에 손을 잡은 거다."

"지금 우린 사미칸과 동등해. 하지만 사미칸이 대부족장이라 스스로 칭하고 나서도 우리를 동등하게 대할까?"

벨루아가 코웃음을 치며 유릭에게 물었다.

유릭은 대답하지 않았다.

　　　　　　　　　　　⚔

연맹이 서부 전체를 지배한 건 아니었다. 아직도 연맹에 굴복하지 않은 작고 큰 부족이 많았다. 하지만 연맹의 영향이 닿지 않는 부족은 없었다. 연맹으로 엮인 부족과 독립된 부족 간의 격차는 나날이 커질 터다.

사미칸은 이번 원정을 성공적으로 이끌었다. 그에 대한 지지도는 높았고, 강한 권력으로 연명 전체를 휘어잡고 있었다.

'가장 힘이 있을 때, 대족장으로 올라서야 된다.'

사미칸은 돌아가는 걸 기다리지 않았다. 그는 자신의 권력이 가장 정점에 이른 지금 대부족장임을 자처했다.

　모든 부족의 제사장과 주술사들이 모여 토론했다. 주술사는 하늘의 뜻을 읽는 자이며, 부족의 전통을 지키는 자다. 제사장들은 지금까지 전례가 없던 대부족장이란 직위를 어떻게 봐야 할지 떠들어댔다.

　"사미칸은 하늘산맥의 대족장일 뿐입니다. 다른 정령과 대지에서 인정받지 못했죠."

　하늘산맥과 떨어진 부족의 주술사들이 그 말에 동조했다. 중간의 통역들이 말을 전달했다.

　"나도 그 말에 동의하오. 사미칸의 권력과 힘은 인정하지만, 그것만으로도 대족장의 자리에 오를 순 없소. 우리에겐 우리의 전통이 있소이다."

　대족장을 모두를 대표하는 자다. 사미칸은 하늘산맥의 부족들 사이에서는 대표성이 있었지만, 다른 부족에겐 아니었다.

　"하, 헛소리 집어치우시지. 대족장에겐 권력과 힘만 있으면 되는 게 아니오?"

　푸른안개의 육손이가 말했다. 그는 사미칸의 제사장이기도 하다.

　"그쪽이야말로 헛소리를 하는군! 권력과 힘이 전부라니!"

"솔직히 말하지, 사미칸은 자신의 대부족장 등극을 방해하는 자를 모두 죽일 거요. 살고 싶다면 입을 다무시오."

그 말이 전달되자, 주술사들이 벌떡 일어나 아우성쳤다.

"지금 협박하는 거요? 우리를 협박해?"

"이 일을 우리 부족장에게 알리겠습니다!"

"도를 넘었군! 육손이!"

그들의 아우성을 듣던 육손이가 짜증스레 고개를 흔들었다. 그는 여섯 손가락을 들어 올리며 주술사들을 진정시켰다. 그의 여섯 손가락이 물결치듯 흔들렸다.

"협박이 아니오, 그저 사실이지. 나라고 사미칸에게 반대하면 멀쩡할 것 같소? 좋은 소식을 가져가지 않으면 목이 날아가는 건 나도 마찬가지요."

다른 제사장들이 신음하며 입을 다물었다. 육손이는 눈치를 살피며 말을 이었다.

"……몇몇 제사장께서는 아시겠지만, 우린 건기의 황무지를 건너기 전에 하늘의 뜻을 살피는 점괘조차 거짓으로 말한 적이 있소. 사미칸이 좋은 점괘를 내지 않으면 우리의 목을 칠 거라 말했지."

"그런 막 돼먹은……!"

그 말을 처음 들은 주술사들이 역정을 냈다.

"다른 부족장들이 지금 사미칸에게 반기를 들면서까지 당신네들을 지켜줄 것 같소? 부족 한둘에 반역의 딱지를 붙여서 없애는 건 일도 아닐 거요. 사미칸에겐 그만한 권력이 있소."

육손이의 말은 구구절절 옳았다. 연맹은 원정에 성공하고 서부의 끝에 도달했다. 전사들은 사미칸을 위대한 자라 칭송했고, 사미칸의 권력은 정점에 이르렀다. 지금 사미칸에 대항하는 건 미친 짓이었고, 그렇기에 조금 이를지라도 사미칸이 대족장을 자처했다.

"사미칸이 하늘의 뜻을 받들어 대족장이 되고자 한다면, 우린 그렇게 해줄 수밖에 없지⋯⋯."

고요한 침묵이 흘렀다.

주술사들에게는 선택의 여지가 없었다. 사미칸은 주술사들을 존중하지 않았다. 주술사를 자신의 정치적 도구로 사용하는 사내였다.

육손이가 침묵을 깨며 말했다.

"하지만 사미칸이 하늘과 정령의 뜻을 자신의 도구로 쓴다면, 우리도 똑같이 대응해야 하겠지."

"사미칸에게 대항하면 죽는다고 말한 사람이 당신이오, 육손이."

"하늘 아래에 두 태양이 있을 순 없지⋯⋯."

육손이의 말에 주술사들이 귀를 기울였다. 그들의 육손이의 암시를 알아들었다.

"유릭 말이오?"

지금 연맹에 사미칸과 대등한 명성을 가진 자는 유릭뿐이었다.

다른 삼대 부족장으로 붉은모래의 벨루아도 있었으나, 벨루아는 여성이라는 태생적 한계 때문에 다른 부족에게 인정받기 힘들었다.

유릭은 바위도끼라는 큰 세력을 이끌고 있었으며, 원정 중에도 사미칸에 버금가는 활약을 했다. 특히나 하늘산맥을 넘었다는 업적은 지금도 전사들 사이에서 회자될 정도다.

"내 부족장이긴 하지만 유릭은 하늘산맥의 금기를 어겼소."

바위도끼 제사장이 말했다. 그는 자신의 부족장이 저지른 죄에 대한 죄의식이 있었다. 늘 그게 가슴에 걸려 밤잠을 이루지 못했다.

"어차피 우린 모두 금기를 어기게 될 거요. 유릭이 하늘산맥을 건넌 일은 더 이상 죄가 아니오. 하나의 업적이 되었지."

너무나 많은 것이 바뀌었다. 몇십 년이 지나도 일어나지 않을 변화가 고작 일 년 사이에 일어났다. 세계관과 가치관이 변했으며, 뭐가 옳고 그른지조차 분명하지 않았다.

세계를 보는 방식을 관장하던 주술사들은 혼란에 빠졌다. 어떤 방식을 따라야 할지 다들 고심했다.

"누구도 허락하지 않던 하늘산맥이 유릭을 받아들였지. 부모도 없이 대지에서 태어난 유릭이 하늘의 축복을 받은 거요. 이건 거짓 점괘가 아니오. 그것 말고는 유릭의 행보를 설명할 길이 없소이다. 금기를 어겨 저주받았어야 할 사내가 자신의 부족을 해방시키고 부족장이 되었지. 하늘과 선조의 가호를 받지 않았다면 어찌 해냈겠소?"

육손이의 말에 주술사들이 술렁였다.

"유릭을 대족장으로 삼자는 말이오? 기껏 쌓아 올린 연맹이 분열할 거요!"

"과한 추측이오. 사미칸에게 대족장으로 인정하고 권력을 넘기되, 유릭에게 힘을 실어주자는 이야기지. 유릭은 사미칸의 눈치를 보지 않고, 자신의 주관을 내세울 전사요. 금기를 어기고 산맥을 넘은 것만 봐도 자신의 뜻을 쉬이 굽힐 사내는 아니지."

주술사들은 고개를 끄덕였다. 유릭이라면 사미칸의 뜻대로 행동하지 않을 터다. 형제의 서약조차 맺은 사이이니, 사미칸도 유릭의 목을 함부로 치진 못한다.

"유릭에게 힘을 실어 사미칸을 견제하자고 말하다니……. 푸른안개의 제사장 입에서 나올 말은 아니구려, 육손이."

"아까도 말했지 않소. 나라고 사미칸의 손에서 안전한 건 아니라고……. 큭큭."

육손이가 낮게 웃었다.

주술사들은 서로의 얼굴을 보다가 만장일치로 사미칸을 대족장으로 인정했다.

"유릭을 대지의 아들로 선포하자고 하다니. 나는 그런 짓을 하라고 말한 적이 없네, 육손이."

사미칸이 깃털 달린 투구를 매만지며 말했다. 정성스레 꽂은 깃털 덕분에 머리 하나는 더 크게 보일 정도로 화려했다. 금칠된 투구는 태양처럼 빛났다.

"다른 주술사와 제사장도 동의했습니다. 유릭을 내세우지 않았다면 대족장 자리를 쉽게 내주지 않았을 겁니다. 다들 족장님의 권력독점을 경계하고 있으니까요."

육손이가 유려하게 말했다.

"항상 말은 잘하는군. 오늘은 기쁜 날이니 추궁하지 않겠다."

사미칸이 웃으면서 육손이의 어깨를 툭툭 쳤다.

사미칸은 자리에서 일어나 해안선을 바라봤다. 그는 하늘산맥 아래에서 바다까지 정복했다. 위대한 사미칸이라는 말이 과장이 아니었다. 그는 흩어진 부족을 연맹으로 묶었다.

설사 연맹이 사라진다고 하더라도, 이미 연결된 고리는 쉽게 끊어지지 않는다.

"사미카아아아안!"

사미칸이 단상에 올라서며 전사들을 바라봤다. 연맹의 전사들이 해변에 모여 사미칸의 이름을 외쳤다.

화르르륵!

주술사들이 곱게 빻은 환각가루를 화로에 던졌다. 불꽃이 잠시 치솟았다가 가라앉았다.

끼이이이!

매 한 마리가 하늘 위로 치솟았다.

"길조다!"

전사들이 매를 보며 길조라 외쳤다.

"하늘과 정령이 사미칸을 지도자로 인도하셨다!"

육손이가 크게 외치며 호응을 이끌어냈다. 기가 막힌 순간에 매가 날아오른 셈이었다. 당연하게도 미리 잡아둔 매를 때맞춰 풀었을 뿐이다. 주술사들은 이런 수법에 익숙했다.

"우오오오오오!"

전사들은 들끓는 심장을 표현하듯 울부짖었다. 그들은 전설적인 순간을 함께한다는 자부심으로 차올랐다.

저벅, 저벅.

사미칸이 미리 준비된 의자에 앉았다. 여러 맹수의 가죽이 뒤덮인 의자였다. 사자와 늑대 머리 가죽이 팔걸이 끝에 걸려 있었다.

"나 사미칸은 하늘의 명을 받들어 여기에 올라섰으니, 하늘의 뜻을 배반하는 일을 하지 않을 것이다. 지금까지 내가, 너희가, 우리가 어디 출신이든 어떤 언어를 쓰든 무엇을 믿든 상관없다. 나 사미칸은 모든 형제를 공정하게 대하며, 원정과 정복과정에 있었던 그 어떤 불화도 차별의 근거가 되지 않을 것을 맹세한다."

사미칸은 유력처럼 통합을 원했다. 그간의 악감정과 부족의 구분에 얽매이지 않는 초부족적 집단.

"모든 전사는 평등하며 동등하다. 이제부턴 승리한 부족도 패배한 부족도 없다. 우린 같은 대지에 태어나 같은 하늘을 바라보며 자란 하나의 부족이다."

사미칸이 숨을 크게 들이마셨다. 그는 양손에 칼과 창을 하나씩 쥐고 높게 들었다.

"우린 하늘의 부족이다!"

전사들이 날뛰며 소리를 질렀다. 사미칸에게 별다른 감정이 없던 전사들마저 집단의 포효에 감명 받아 사미칸의 이름을 같이 외쳤다.

"이제 노예는 없다! 우린 형제자매를 노예로 삼지 않는다! 족쇄를 풀어라! 고향으로 가고자 하는 자는 전사들이 보내줄 터다! 창을 잡고자 하면 창을 주어라!"

"오우우우우!"

사방에서 노예들이 풀려났다. 짐을 짊어지던 남자노예는 물론이고 성노예였던 여자들도 자유의 몸이 되었다.

'분명 불만도 있지만, 이런 흐름에서 불만은 묻힐 거다.'

유릭은 변화하는 부족을 바라봤다. 모두가 만족하는 정책은 없다.

"대지의 아들, 유릭!"

"땅에서 태어나 맹수처럼 싸우고 바위만큼 단단한 전사! 하늘의 허락과 정령의 축복을 받아 하늘산맥을 넘었도다!"

주술사들이 유릭을 떠받들며 말했다. 그들은 유릭의 몸뚱이에 짐승의 피를 뿌렸다.

"대지의 아들⋯⋯."

유릭이 낮게 읊조렸다. 그는 부모의 얼굴은 모른다. 초원에 버려진 채로 서성이다 바위도끼 부족의 손에서 자랐다.

주술사들이 유릭을 칭송하는 데 반대하는 전사는 없었다. 유릭은 사미칸만큼이나 공을 세운 전사였다. 유릭이 없었다면 연맹도 없었을 것이다.

사미칸은 하늘의 뜻을 받든 지도자, 유릭은 대지가 선물한 전사.

유릭과 사미칸은 제사장과 주술사들에게 신성을 인정받았다. 그들이 무언가를 하고자 한다면 전사들은 고민 없이 따를 것이다. 신성성이란 절대적 올바름이다.

'주술사들이 나와 사미칸에게 엄청난 권력을 넘겼군. 나는 사미칸 덕분에 덩달아 얻은 것 같지만……'

유릭은 주먹을 쥐었다. 단순한 주술사들의 축복이지만 힘이 들어가며 피가 솟구치는 듯했다. 머리가 핑 도는 느낌이다. 발과 연결된 대지가 갑자기 낯설게 느껴지며 어지러웠다.

뚝, 뚝.

유릭의 몸뚱이를 뒤덮은 핏물이 바닥에 고였다.

유릭은 눈을 감았다가 떴다.

'나는 어디서 왔으며, 어디로 가는가……'

유릭은 허리를 숙여 흙을 한 움큼 쥐었다.

철썩!

저 멀리서 파도가 쳤다. 유릭은 고개를 들어 파도와 부딪친 바위틈을 바라봤다.

'울가로.'

날개투구를 쓴 전사가 어두운 바위틈에서 유릭을 보고 있었다.

"유릭! 손을 들어 전사들의 환호에 답하시오!"

육손이가 유릭의 곁에 다가오며 속삭였다. 정신을 차린 유릭이 손을 높게 들었다. 전사들의 포효는 사미칸에게 쏟아진 환호 못지않았다.

'태양신.'

고개를 든 유릭을 때마침 구름에서 벗어난 태양 때문에 눈을 뜨지 못했다. 유릭을 탓하듯 따가운 태양빛이었다. 태양빛을 피해 유릭을 고개를 숙이며 머리를 흔들었다.

'정신 차려라, 유릭.'

술에 취한 듯 흔들리던 대지가 제자리를 찾았다. 유릭은 심호흡하곤 칼을 뽑았다. 그는 매끄러운 강철칼날을 바라보며 안정을 되찾았다.

"우오오오오오! 유우우우릭!"

유릭이 칼을 뽑자 전의를 표현한 것이라 생각한 전사들이 덩달아 무기를 뽑으며 외쳤다.

'……지금 내가 믿을 건 이것뿐이다.'

유릭은 반질반질한 칼날 표면을 응시했다. 기댈 곳이 없어 불안해하는 눈동자가 유릭을 보고 있었다.

건기가 끝나가고 있었다. 바다 너머로 구름이 몰려왔다. 바닷가라 공기가 더욱 습했다.

연맹은 충분한 휴식을 취하고 행군을 준비했다. 그들은 말린 생선을 가득 챙겼고, 대장간에게 철을 두드려 무기를 다듬었다.

연맹은 서부의 오랜 분쟁을 대다수 종식시켰다. 이웃부족들은 연맹의 명에 따라 서로 싸우지 않았다. 여전히 자원과 식량은 부족했지만, 연맹의 원정으로 촉진된 상업교류가 자원부족을 어느 정도 메꾸었다.

"대족장께 충성으로 대하겠습니다."

연맹은 정복했던 부족을 되짚어가며 돌아갔다. 시미칸은 다시 한번 부족장들의 충성을 확인했다. 대족장의 위세에 부족장들이 앞다투어 충성을 맹세했다.

"나는 공정과 성실로 형제들을 대하겠소."

사미칸은 돌아가는 길에 조공을 받았다. 대신에 사미칸은 보호를 약속했다. 연맹에 속한 부족은 다른 부족에게 공격을 받지 않을 것이다.

지금까지 없었던 연맹 체제를 유지하기 위해서는 새로운 행정체계가 필요했다.

사미칸은 여러 언어를 익힌 통역을 체계적으로 양성했고, 원정길에 만든 지도의 사본을 여럿 만들었다. 더 이상 지평선 너머는 미지의 땅이 아니었다. 각 부족의 영역이 선명하게 드러났다.

야영할 때마다 부족장과 제사장들이 모여 율법을 새로이 만들었다. 최대한 많은 부족의 동의를 얻어 만들어진 율법은 지켜야 할 보편적 상식이 되었다.

"아직 연맹에 합류하지 않은 부족도 있지."

"시간은 충분히 줬어."

돌아가는 길이 마냥 평화롭지만은 않았다. 연맹소속 부족의 부탁을 받고 연맹에 속하지 않은 부족을 짓밟았다.

주변의 경쟁자 부족을 제거하면 더 많은 땅을 차지할 수 있기 때문이다. 연맹은 철저하게 자신들에게 속한 부족의 이득에 따라 움직였다.

연맹에 속하면 이득을 얻을 것이고, 연맹을 거부하면 대지에서 사라질 뿐이었다. 잔혹한 처사였지만 빠른 통합에는 필연적인 과정이었다.

돌아가는 길도 피투성이였다. 유릭은 대지의 아들로서 항상 선두에 섰다. 전사들은 앞다퉈 유릭의 옆에 서려고 했다.

유릭과 어깨를 나란히 하고 싸우는 건 대단한 영광이었다. 더군다나 대지의 아들 옆에서 싸운다면 죽지 않을 거란 믿음도 있었다.

"뒤에 적을 두고 산맥의 적과 싸울 순 없으니까. 아직도 연맹에 굴하지 않은 부족 중에서 이렇게 덩치가 큰 부족이 제법 되거든."

유릭이 달려오는 적의 머리를 칼로 찔렀다. 뇌수가 칼날을 타고 흘렀다.

"하아, 나 같으면 연맹에 고개를 숙이고 들어갈 텐데 말이지.

왜 이렇게 고집을 피우고 대드는 놈들이 많은지 모르겠어."

볼드가 유릭 옆에서 칼을 휘두르며 외쳤다. 거친 숨을 몰아쉰 볼드가 쓰러진 적의 목을 베었다.

"피르가모 부족도 내가 설득하지 못했으면 우리의 적이 되었을 거야. 단순히 힘의 논리만으로 모든 부족이 납득하진 않는다는 거지."

유릭이 시큰둥하게 도끼를 던졌다. 도끼가 미간에 박힌 적이 벌러덩 넘어졌다.

"네가 그렇게 똑똑한 말을 내뱉을 때마다 낯설어, 형제."

"나 원래 똑똑했어, 멍청아."

유릭이 쾌활하게 웃었다. 그는 반쯤 죽어가며 자신의 발을 붙잡는 전사를 걷어찼다. 목뼈와 턱뼈가 아작 나는 소리가 났다.

"가자고, 유릭! 우리 앞에 서라!"

많은 전사들이 유릭을 좋아했다. 사미칸은 위대한 부족장이었지만 다가가기 힘든 존재였다. 하지만 유릭은 친근했고 그의 본질은 언제나 전사였다.

"카아아아악!"

적들은 악을 쓰며 연맹에 대항했다. 패배할 줄 알면서도 싸우는 그들은 어쩐지 애처로웠다.

"망할 놈들."

적들은 마지막 하나까지 저항했다. 몰살을 당할 때까지 싸우는 전사들은 대단했다. 이렇게 이름을 남기지 못하고 죽을 전사들이 아니었다.

하지만 흐름을 타지 못한 자들은 덧없이 사라진다.

서부는 격류 속에 있었다. 무수히 많은 자들이 격류에 휘말려 가라앉았다. 어쩌면 이름을 널리 알렸을 자들조차 무참히 죽어가는 시대다. 통찰력과 운을 모두 갖춘 자만이 흐름을 탈 수 있었다.

"빌어먹을. 여자와 아이들도 전부 죽어 있어."

마을로 들어선 연맹의 전사들이 말했다.

"이미 도망갈 곳을 없애고 나온 전사들이로군. 그러니까 그렇게 처절하게 저항한 거겠지."

마을 어딜 가도 죽은 아녀자와 아이들의 시체가 보였다. 이 마을의 전사는 자신들의 가족을 죽인 뒤, 결사의 각오로 전장에 나왔다. 그들은 돌아갈 곳이 없기에 죽을 때까지 싸웠다.

'우린 많은 피를 흘렸다.'

유릭은 팔을 느슨하게 떨어뜨리며 죽음만 남은 마을을 바라봤다.

쏴아아아아아!

서쪽에서 몰려온 먹구름이 연맹을 따라잡았다. 빗줄기가 쏟아졌다.

콰르릉!

우렛소리를 들은 전사들이 입을 벌리며 짐승처럼 울부짖었다.

"우우오오오오오!"

"건기가 끝났다!"

"하늘이시여! 우리를 보살피소서!"

전사들이 바지까지 벗어 던지며 비를 맞았다. 굳어버린 피딱지를 씻어내며 메마른 입술과 목을 적셨다.

"후우."

유릭이 젖은 땅에 칼을 박아 넣었다. 그는 빗물로 머리를 감듯 앞머리를 쓸어 넘겼다.

전사들이 유릭의 곁을 지나가며 날뛰었다. 유릭은 그들을 바라봤다. 동포이자 형제들이다.

쿠르르릉!

먹구름이 태양을 뒤덮고, 번개줄기 한 번에 시야가 밝아졌다가 어두워지길 반복했다.

'해골?'

빌거벗고 뛰어가는 전사들이 앙상한 해골처럼 보였다. 눈동자 대신에 흉흉한 안광이 흔들렸다.

유릭은 짜증을 내며 눈을 비볐다. 다시 보니 해골은 온데간데없었고, 날뛰는 전사들만 보였다.

"제길."

유력이 허를 차며 바닥에 꽂은 칼을 들어 올렸다.

우기가 시작되자 연맹의 한결 여유가 있었다. 적어도 보급 걱정은 크게 가셨다.

어느새 원정길의 절반을 되돌아갔고, 연맹을 괴롭혔던 갈라진 황무지를 가로질렀다. 황무지라는 명칭이 무색하게 우기를 맞이한 대지는 초록빛 싹으로 물들어 있었다.

원정을 끝낸 연맹은 하늘산맥 아래로 돌아왔고, 사미칸은 대족장이라 불렸다.

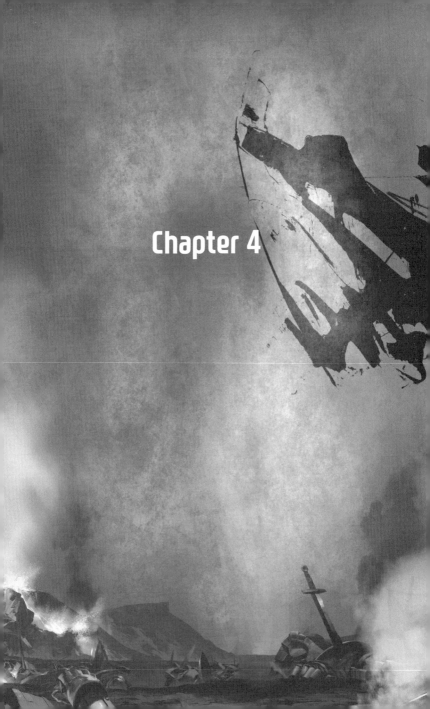

Chapter 4

원정을 끝낸 연맹의 야영지에서는 대축제가 열렸다. 전사들은 약탈한 전리품을 배분하며 떠들썩하게 먹고 마시며 즐겼다. 낮보다 밤이 더 떠들썩할 정도였다.

"벨루아, 이리 와서 한잔해. 뭐가 그리 바빠?"

전사들과 술을 마시던 유릭이 지나가는 벨루아를 보며 말했다. 붉은모래의 벨루아에게 술을 권할 자격이 있는 자는 몇 없다.

"닥쳐."

벨루아가 거칠게 말했다. 유릭이 이맛살을 찌푸렸다.

"좋은 날에 말이 험하네."

"아주 잘 나셨어. 대지의 아들, 유릭."

그 말을 들은 유릭이 입을 다물었다.

'붉은모래 부족의 불만이 크겠지.'

푸른안개와 바위도끼는 많은 걸 얻었다. 특히 사미칸과 유릭은 신성을 얻어 다른 부족장보다 확연히 높은 위치에 섰다. 하지만 붉은모래는 그런 이득을 챙기지 못했다.

'나와 사미칸은 적어도 대등하지만, 벨루아는 우리 밑에 있는 존재가 되었다.'

유릭은 벨루아를 측은하게 여겼지만, 마음에 걸리는 건 없었다. 유릭도 그저 정치적 맥락에 휩쓸린 것뿐이었다.

"난 너와 술을 마시며 시시덕거릴 여유가 없다."

벨루아가 짜증을 내며 자리를 떴다. 유릭은 어깨를 으쓱하며 벨루아의 뒷모습을 쳐다보곤 술잔을 기울였다.

유릭은 이런저런 입소문을 통해서 붉은모래 내부의 사정을 들었다.

'붉은모래 내에서 벨루아에 대한 지지가 떨어지고 있어.'

'연맹으로 다른 부족장과 비교되면서 불거지지 않았던 고름이 터진 거지.'

'여자 부족장이라서 인정받지 못하고 뒤쳐졌다고 생각하는 전사들이 많아.'

'붉은모래 내부에서는 여자라도 따랐지만, 그게 다른 부족들의 인정을 받지 못하면 의미가 없지.'

붉은모래 내에서 반발이 많았다. 삼대 부족장 중에서 벨루아만이 신성을 획득하지 못했다. 그게 벨루아 때문이라 생각하는 전사들이 많았다.

"새로 연맹에 합류한 전사들은 여자 부족장이 자신들 위에 있다는 걸 쉬이 인정하지 않아. 붉은모래의 명성이 먹히지 않는 곳도 많으니까."

볼드가 귀를 후비며 말했다. 그는 유릭을 대신해 다른 부족들의 분위기를 읽고 왔다.

붉은모래는 여전히 연맹에게 중요한 부족이다. 지리적으로도 교역중심지였고, 철을 다루는 기술자들은 대체하기 힘든 인력이다.

"벨루아에겐 미안하지만, 우리가 걱정할 바는 아니지."

유릭이 담담하게 말했다.

여자고 남자고 자신의 지위는 스스로 지켜야 하는 법이다. 벨루아는 자신의 능력으로 부족장의 지위를 얻어냈고, 어떤 이유든 간에 지킬 능력이 없으면 내려와야 한다. 그게 현실이다.

"끄아아아악!"

비명이 길게 퍼졌다. 북소리가 멈췄고, 전사들이 고개를 들었다.

"내 정당성을 문제 삼고 싶으면 무기를 들어라. 날 대신할 수 있다면 내 목을 가져가서 증명해 봐!"

벨루아가 얼굴에 피를 뒤집어쓰곤 외쳤다. 그녀의 발아래에는 내장을 질질 흘리는 붉은모래 전사가 있었다.

휘릭.

벨루아가 커다란 칼을 휘둘러서 전사의 목을 쳤다. 그녀는 남들보다 더 큰 무기를 사용했다. 남자에게 뒤지지 않는 우수한 전사라는 걸 증명하기 위해서였다.

"오우우우!"

전사들이 피를 보며 외쳤다. 자세한 내막이야 몰라도 싸움 그 자체에 흥분했다.

"내가 바로 붉은모래의 벨루아다. 너희들의 지도자는 바로 나야! 불만이 있으면 당장 무기를 들어! 계집애처럼 뒤에서 속닥거리고만 있을 셈이냐?"

벨루아가 팔을 벌리며 외쳤다. 화상으로 얼룩진 그녀의 목덜미에서 핏줄이 돋아났다.

붉은모래 전사들이 입을 다물었다. 벨루아는 뛰어난 전사이며 대장장이다. 그걸 부정하는 붉은모래 전사는 없었다.

'하지만 한 번 이렇게 꼬투리 잡힌 이상, 이런 문제들이 벨루아의 발목을 계속 걸고넘어질 거다.'

붉은모래 부족의 근본적인 불만은 해결되지 않았다. 그들은 바위도끼나 푸른안개 부족과 동등한 위치에 서고 싶어 했다.

연회는 막바지에 이르렀다. 연회가 끝나면 부족장들은 모여 앞으로 거취를 정할 터다.

어떤 부족장은 자신의 부족으로 돌아가고, 어떤 이들은 더 많은 권력을 위해 연맹의 주둔지에 잔류할 것이다.

"유릭, 일어나 봐."

사미칸이 유릭의 천막으로 들어왔다.

"엉?"

유릭이 숙취로 어지러운 머리를 들었다. 그는 몸을 덮다시피 한 여자들의 다리를 밀어냈다. 퀴퀴한 정사의 하얀 흔적이 아직도 허벅지 여기저기 남아 있었다.

유릭의 천막 안에는 나신의 여자만 셋이었다. 다들 어젯밤 자발적으로 유릭의 씨를 품으려고 온 여자들이었다.

대지의 아들이라 공인받은 유릭은 그만큼 많은 여자를 품 었다. 강인한 육체를 지닌 전사라면 씨를 많이 뿌리는 것도 일 종의 의무였다.

"우리 부족에서 노아가 보내온 거다. 네가 좋아할 거라는 말 과 함께."

사미칸은 천 주머니 하나를 꺼내 열었다.

후두둑.

보리알이 사미칸의 손아귀에 쏟아졌다.

유릭은 여자들을 아랑곳하지 않고 벌떡 일어났다. 곤히 자던 여자들이 들썩이며 눈을 떴다.

"으응, 뭐야? 한 번 더 하자고?"

여자들이 덜 트인 목소리로 애교를 부렸지만, 유릭은 들은 체도 하지 않았다.

'보리알……'

유릭이 사미칸에게서 보리 주머니를 낚아챘다. 분명히 보리였다.

"일어났으면 옷이나 챙겨 입으시지, 아가씨들. 남자들끼리 할 이야기가 있으니까 말이야."

사미칸은 여자들의 엉덩이를 툭툭 치며 말했다. 여자들이 툴툴거리며 옷을 주섬주섬 챙겨 입었다.

"하하, 설마 여기서 자랄 줄이야."

유릭이 아직도 믿기 힘들다는 표정으로 보리알을 매만졌다. 굵은 보리알이 그의 손아귀 사이로 떨어졌다.

"이건 먹는 건가? 맛은 없는걸."

사미칸도 자리에 앉으며 보리알 하나를 씹더니 인상을 찌푸렸다.

"이것저것 넣어서 죽으로 쒀먹으면 먹을 만해. 포만감도 크지."

보리는 쓰임새가 많은 작물이다. 가축의 사료로도 썼으며, 검투단 시절에는 배가 터지도록 보리를 먹어서 몸집을 부풀리던 검투사가 있었다.

"이게 그토록 대단한 건지, 솔직히 나는 모르겠군, 형제."

사미칸이 느슨하게 눈을 떴다.

"보리재배에 성공만 한다면 많은 게 바뀔 거다. 사냥과 채집 말고도 식량을 안정적으로 계속 얻을 수 있다는 이야기니까."

"······산맥 너머처럼 말인가?"

"문명의 기본은 농경이야. 저쪽 세계에서는 농사를 짓는 사람 하나가 수많은 사람을 부양할 수 있어. 남은 사람들은 다양한 직업을 가지고 살아가지. 산맥 너머에서는 모든 사내가 사냥꾼과 전사가 되지 않아도 먹고 사는 데 지장이 없기에 발전할 수 있었던 거다."

"글쎄, 내겐 나약해 빠진 놈들이라는 소리로 들리는군. 고추 달고도 무기를 휘두르지 않는 자들은 주술사들이면 충분해."

"그렇게 생각한다면 평생 가도 놈들을 따라잡지 못할 거다."

유릭의 말에 사미칸이 눈썹이 꿈틀거렸다.

"우린 모두가 전사다, 형제."

"산맥 너머에는 전사 말고도 다른 삶이 많아. 다른 삶의 방식을 존중하는 법을 알아야 돼. 이 보리는 그 시작이 될 거다."

유릭은 잠시 눈을 감았다. 오래전에 보았던 황금빛 대지가 떠올랐다.

"······누구보다도 전사다운 네가 그런 말을 할 줄이야."

사미칸이 심드렁하게 웃었다. 하지만 노아도 유릭도 농경의 중요성을 강조했다. 사미칸은 그걸 쉽게 이해하진 못했지만, 우습게 넘길 생각도 없었다.

'우리가 강해질 수 있다면 뭐든 한다. 내가 이해할 수 없어도 노아와 유릭이 맞다고 한다면 맞는 거겠지.'

사미칸은 자신의 주관만 내세우는 사내가 아니다. 그는 항상 주변의 변화를 유연하게 받아들였다. 때론 바람에 따라 휘지 않으면 부러지는 법이다.

"키룽카, 먼저 전사들을 이끌고 마을로 돌아가. 다들 집이 그리울 거야."

유릭은 키룽카에게 바위도끼 전사들을 맡겼다. 대부분의 바위도끼 전사들은 연회가 끝나고 연맹 주둔지를 벗어나 고향 마을로 돌아갔다. 그들은 자신들의 무용담을 가족들에게 자랑하며, 휴식을 취할 터다.

유릭과 볼드, 그리고 오십여 명의 바위도끼 전사들은 푸른안개 부족의 영역으로 향했다. 다른 부족장들도 사미칸을 따라 푸른안개 부족에 들렀다.

사미칸은 대족장이 되었고, 푸른안개는 연맹의 수도이자 중심지였다.

"하지만 연맹의 병력이 모여야 할 곳은 바위도끼 부족이야."

유릭이 넌지시 말했다. 옆에서 걷던 사미칸이 고개를 들었다.

"그 야일루드인가 뭔가 하는 개척로 때문인가?"

"거길 넘으면 바위도끼 부족과 가장 가까워."

"다른 길은?"

"병력이 넘을 만한 곳은 거기뿐이다. 다른 길은 자살행위지. 날 믿어, 형제."

유릭만큼 하늘산맥에 대해 잘 아는 사람은 없다. 그건 문명과 서부를 통틀어 마찬가지였다.

'바위도끼 볼모를 풀어주면서까지 형제의 서약을 맺은 건 올바른 선택이었어.'

사미칸이 과거의 판단에 만족했다. 유릭은 생각 이상으로 뛰어난 사내였다. 사미칸처럼 계략을 부리진 않았지만, 유릭의 정치적 감각은 사미칸 못지않았다. 적으로 삼았다면 지금쯤 두 세력으로 나뉘어 전쟁을 벌이고 있었을 것이다.

'사미칸 덕분에 생각보다 더 빨리 서부가 하나로 묶였어. 대단한 사내지. 나 혼자였다면 엄두도 내지 못했을 거다.'

유릭과 사미칸은 정치적 이해관계 때문에 형제가 되었다. 그들은 같이 사냥을 해본 적도 없으며, 어린 시절을 공유하지도 않았다.

하나 그 누구보다 서로를 인정하며 의지하고 있었다. 서로가 서로에게 필요한 존재라는 걸 확실히 이해했다.

푸른안개 부족은 우기를 맞이해 바빴지만, 사미칸의 귀환을 성대하게 반겼다. 사미칸은 그간 마을에 있었던 일을 들으며 고개를 끄덕였다.

저벅, 저벅.

호수 방향에서 노아 아르텐이 걸어왔다.

"노아!"

사미칸이 노아를 안으며 외쳤다.

"원정에 성공했다는 소식은 들었네. 대단해. 업적을 세웠군."

"다 네 덕분이지! 그나저나 저기에 있던 숲이 통째로 사라졌군. 주술사들은 숲을 태운 자네를 죽여야 한다고 외치고 있어."

"전부 태우진 않았어. 필요한 만큼 농경지를 확보한 거지. 숲을 태우면 좋은 논밭이 되거든."

노아 아르텐은 농부가 아닌 기사다. 하지만 적어도 기본적인 농경지식 정도는 알고 있었다. 그 정도만 해도 서부에서는 대단한 지식이었다.

"유릭, 네가 심은 작물 중에서 남부 보리만 자랐다."

노아가 유릭을 보며 말했다.

"반신반의했는데 하나라도 건졌군."

유릭이 주먹을 힘껏 쥐었다. 쾌재가 목구멍까지 치솟았다.

"이건 원정에 성공한 만큼이나 대단한 일이지. 보리밭 개간이 성공만 한다면 말이야."

다른 부족장들은 작물재배의 중요성을 금방 이해하지 못했다. 힘겹게 그럴 필요가 있냐는 말도 많았다.

하지만 사미칸은 강압적으로 보리 심기를 강요했다.

"터가 좋은 땅을 차지한 부족들은 보리를 키울 만할 거야. 특히 피르가모 부족의 땅은 무척이나 기름져."

유릭이 치카카에게도 보리종자를 넘겼다.

"시도는 해보지."

치카카가 고개를 끄덕였다.

여러 부족장들은 푸른안개 부족에 머물며 보리농사에 대한 지식을 배웠다. 농경은 변수가 많아 하루아침에 배우기 힘들며, 노아와 유릭조차 우수한 농부가 아니었다.

하지만 그들은 최선을 다했다. 작은 가능성도 그냥 놔두지 않았다.

"당장은 필요 없는 일이다. 지금은 오히려 쓸데없이 일손만 뺏겨 더 힘들어질 뿐이지. 아마도 대부분은 실패할 거야."

유릭이 다른 전사들에게 말했다. 당장 보리농사를 짓는다 해서 이걸 주식으로 삼진 못한다. 여전히 전사들은 전사이며, 사냥을 해야 한다. 땅을 개간해 보리재배에 성공할 거란 확신도 없었다.

"하지만 앞으로의 미래, 어쩌면 우리의 자손들을 위해서 하는 거다. 아직 태어나지 않은 이들이 피 대신에 땀을 흘리면서 살아갈 수 있도록."

모두가 유릭의 말을 이해하진 못했다. 하지만 누군가는 고개를 끄덕였다. 지금은 그거면 충분했다.

여름인데도 아르텐 전초기지의 사람들은 모피를 쉽게 벗지 못했다.

전초기지는 지대가 높으며, 아르텐 협곡에서 불어오는 냉풍 때문에 추위가 가시지 않았다. 병사들 사이에서는 아르텐 협곡보다는 냉풍골이라는 별명으로 불릴 정도였다.

전초기지 지휘관인 랭스터 공작은 두터운 늑대모피를 두르고 기사들을 대동했다. 그는 쌍두마차 하나가 지나갈 만한 폭의 다리를 바라봤다.

'개척로 야일루드.'

사람 하나 겨우 지나갈 법한 절벽 틈에 바짝 붙여서 건설한 다리다. 이걸 짓다가 죽어나간 인부만 수백에 달했다. 나중에는 노예들로 인부를 충원해 어찌어찌 다리를 이어갔다.

"이번에도 돌아오지 못했나? 거친 산맥이로군."

랜스터 공작이 혀를 찼다. 북부인 탐험대를 비롯해 첨병으로 여럿을 보냈지만, 아직까지 소식을 가지고 돌아온 부하가 없었다.

'산이 험한 건지, 아니면······.'

랜스터 공작이 하늘산맥을 올려다봤다. 예로부터 하늘산맥이라 불리며 이 지역 사람들에게는 경외의 상징이었다.

"경외의 상징이 될 만도 하지. 이렇게 험하고 높은 산은 북부에서도 본 적이 없으니까."

랜스터 공작은 아르텐 전초기지로 발령받기 전에는 북부의 총독이었다.

뮬린 토벌작전을 성공적으로 끝낸 북부총독이 아르텐 전초기지로 발령받은 걸 보고 많은 귀족들이 의아하게 여겼으나, 좌천이 아니라 그만큼 황제의 총애를 받고 있다는 뜻이었다.

'원래 지휘관이었던 리갈 아르텐조차 행방불명······.'

랜스터 공작은 쓰게 웃었다. 북부총독을 마치고, 수도에서 여생을 보내려 했던 그의 인생 계획이 무너졌다.

"이 나이를 먹고도 최전선으로 발령을 받다니. 그것도 개척도 되지 않은 서부라······."

"주군께서 너무 유능한 것도 죄지요."

기사가 웃으며 말했다. 랜스터 공작은 오십이 다 돼가는 나이다. 서부개척이 시작되면 아무리 짧아야 족히 십 년은 넘게 걸릴 터다.

'폐하께서도 너무하시지.'

랜스터 공작이 혀를 찼다. 그는 개척로 야일루드를 따라 걸었다. 협곡의 냉풍에도 굴하지 않는 다리는 몹시 튼튼했다.

"보수만 잘한다면 수백 년은 버티겠지."

야일루드는 역사에 남을 업적이었다. 깎아지른 절벽을 따라 길게 이어진 다리는 장관이었다. 산맥의 고저에 영향을 받지 않고 협곡을 따라 쭉 가로지르는 형태다. 야일루드는 군대가 산맥을 통과하기 위한 수단이다.

"끄아아아아아!"

저 멀리서 비명이 퍼졌다. 비명은 협곡 사이를 부딪치며 웅웅거렸다.

"또 한 명 떨어졌군."

랜스터 공작이 인상을 찌푸리며 혀를 찼다. 그도 내키는 일은 아니었으나, 황명이니 어쩔 도리가 없다.

"역사에 남을 위대한 업적에는 수많은 희생이 따르는 법."

랜스터 공작도 많은 업적이 탄생하는 걸 두 눈으로 봤다. 선대 황제의 남벌과 북벌은 제국과 야만인 모두의 희생 끝에 만들어진 업적이다.

'죽어나간 기사가 몇이며, 덧없이 쓰러진 야만인도 셀 수가

없지.'

기사들은 랭스터 공작보다 앞서가며 다리의 안전을 확보했다. 다리 중간중간에는 절벽 위로 올라갈 수 있는 사다리까지 있었다.

"다음에는 백 명을 데리고 움직이겠습니다. 슬슬 가능할 것 같군요."

기사 하나가 그리 말했다. 탐험대식으로 소규모로 움직일 필요가 없었다. 고산병을 겪지 않아도 될 만큼 야일루드가 많이 뻗어나갔다.

랭스터 공작은 지금까지 지어진 야일루드 끝에 도착했다. 인부들이 바쁘게 오가며 다리를 연장하고 있었다.

"내가 한번 올라가 보지."

랭스터 공작이 사다리를 잡으며 말했다. 위가 까마득한 사다리였다.

"위험합니다, 주군."

"아니, 내 눈으로 직접 봐야지. 산맥이 어떤 곳인지 말이야."

랭스터 공작의 뜻을 꺾을 사람은 없었다. 랭스터 공작은 기사들을 대동하며 사다리를 올랐다.

"후욱, 후욱."

랭스터 공작은 숨을 몰아쉬며 밑을 바라봤다.

'떨어지면 죽겠군.'

랜스터 공작은 생명의 위기를 수없이 넘겼다. 가장 근래에는 물린 토벌에 반발한 북부인의 기습 때문에 죽을 뻔했었다.

'유릭.'

당시 랜스터 공작을 구한 건 유릭이라는 야만인이었다. 북부인의 습격으로부터 자신을 구한 게 북부야만인이라니 웃길 따름이었다.

'지금쯤 그 야만인은 무얼 하고 있을까?'

유릭은 야만인이지만 대단한 사내였다. 하멜 마상창시합의 우승자였고, 포를카나 국왕과도 친분이 있었다. 분명 어딘가에서 부귀영화를 누리고 있을 터다.

끼익.

랜스터 공작이 팔을 크게 뻗어서 사다리를 끝까지 올랐다. 그는 협곡 위에서 아래를 내려다봤다.

"여기도 추운 건 마찬가지로군."

랜스터 공작이 협곡 위로 부는 바람을 맞으며 말했다.

"여기서 조금만 더 지나면 완만한 지형이 나옵니다. 그곳과 야일루드를 연결해서 요새를 하나 더 만들 생각입니다. 거기가 정복의 시작이 되겠죠."

기사가 저 앞을 가리키며 말했다.

제국군은 정복에 능했다. 북부도 남부도 그들 앞에 무릎을 꿇었다. 하늘산맥이라는 장애조차 그들은 인간의 의지와 기술로 해결했다.

"주군께서는 북부총독에 이어 서부총독까지 되시겠군요."

"서부 정복이 끝날 때까지 내가 살아 있다면 말이지."

랭스터 공작이 웃으며 서쪽을 바라봤다.

스르륵.

수풀이 흔들렸다. 기사들은 그 기척을 놓치지 않았다.

카앙!

기사들이 칼을 뽑으며 랭스터 공작을 보호했다.

"쿨럭, 쿨럭."

수풀 사이에서 누군가가 뛰어나왔다. 깊은 상처를 입은 사내였는데, 그는 랭스터 공작이 보낸 탐험대의 일원이었다. 가까스로 목숨을 건진 듯했다.

"우, 우리를 기다리고 있습니다."

상처를 입은 사내가 그리 말했다.

"누가 기다리고 있다는 말인가?"

랭스터 공작이 기사들을 물리며 다가왔다.

"야만인들이 숨어서 우리를 기다리고 있, 있었습니다. 지금까지 탐험대들이 돌아오지 못한 것도 우연이 아닙니다, 각하……."

사내는 숨이 넘어갈 듯이 말했다. 안쓰러웠지만 치료하기엔 늦었다. 이미 얼굴이 새파랗다.

랜스터 공작은 사내에게 최대한 많은 정보를 끌어내려고 했다.

"자세히 말하게!"

"수십이 넘는 야만인들이 우리를 공격했습니다. 산맥 중턱에서 쥐새끼 한 마리도 지나가지 못할 만큼 촘촘하게 막아서며……. 마치 우리의 계획을 아는 듯했습니다."

랜스터 공작의 안색이 굳었다. 수백이 넘는다는 건 단순히 우연히 마주쳤다는 이야기가 아니었다.

"야만인들이 산맥에서 경계선을 치고 있다는 건가?"

사내가 고개를 끄덕였다. 그가 피가 섞인 기침을 하더니 눈을 감았다.

기사가 사내의 목덜미에 손가락을 대며 맥을 짚었다.

"죽었습니다, 주군."

랜스터 공작이 가늘게 눈을 떴다.

야만인들이 산맥자락에서 경계를 하고 있었다. 야일루드를 아무런 생각 없이 짓다가 어떤 꼴을 당할지 모른다. 건설하는 건 오랜 시간과 많은 정성을 들여야 하지만, 부수는 건 한순간이다.

"병력을 모아 사다리 위로 올리게."

랜스터 공작이 일어서며 명령했다.

Chapter 5

　유릭은 바위도끼 부족으로 돌아왔다. 그는 부족에 오래 머물지 못하고 곧장 하늘산맥으로 올라갔다. 회포를 풀 여유조차 없었다.

　푸른안개, 바위도끼, 붉은모래, 세 부족에서 각각 백오십 명의 전사를 뽑아 산맥의 경계를 맡겼다. 그들은 부족장들의 명령에 따라 반년 가까이 산맥을 지켰다.

　'저기로군.'

　유릭은 연기가 피어오르는 걸 바라봤다. 산맥 밑자락에는 전사들의 부락이 있었다. 천막을 치고는 교대로 산맥을 올라 경계를 섰다.

　"유릭!"

바위도끼 전사들이 유릭을 알아보곤 벌떡 일어섰다. 유릭은 볼드를 비롯해 전사 몇 명을 대동해 오고 있었다.

"유릭 부족장."

다른 부족의 전사들도 유릭을 맞이했다. 원정이 끝났다는 소식은 그들도 들었다.

"고생하는군."

유릭이 전사들의 노고를 치하했다. 서쪽 원정이라는 영광도 누리지 못하고, 그저 묵묵히 산맥을 지켜온 전사들이었다. 원정 못지않게 고생을 했을 터다.

"장담컨대 놈들 중에 산맥을 넘어 우리의 땅을 밟은 놈은 없을 거요."

전사들은 산맥을 넘는 탐험대와 정찰대를 열 번 넘게 막아냈다. 그들의 자부심은 대단했다.

"포로는?"

"열 놈 정도 목숨만 살려두고 있소. 놈들의 말은 우리와 달라 심문은 하지 못했지만⋯⋯."

"내가 놈들의 말을 알아. 안내해."

유릭의 말에 전사들이 감탄을 내뱉었다.

"과연⋯⋯ 산맥을 넘은 자."

산맥을 지키던 전사들은 유릭에게 존경을 표했다. 산맥은 험했고, 반년을 여기서 지내도 넘을 엄두가 나지 않았다. 그런 산맥을 왕복한 유릭은 대단한 전사였다.

모든 건 유릭의 예상대로였다. 유릭과 지쯜이 북부인 정찰대를 만난 건 우연이 아니었다.

'제국에서는 산맥을 넘기 위해 사람을 계속 보내고 있어. 내가 리갈 아르텐을 죽인 것만으로는 야일루드 건설을 멈추지 않았겠지. 전사들이 모든 정찰대를 걷어냈다면 아직까지 우리에 대해 많은 정보를 가져가지 못했을 거다.'

유릭이 생각하는 사이에 포로가 갇힌 천막에 도착했다. 천막 안에서는 오물 냄새가 났다. 전사들이 포로관리를 똑바로 했을 리가 만무했다. 바지를 입은 채로 똥오줌을 지리고 있는 포로들이 보였다. 그중에서는 북부인도 있었다.

"울가로를 믿나?"

유릭이 북부어로 말했다. 포로로 잡힌 북부인이 눈을 크게 떴다.

"혀, 형제? 아니군. 그럴 리가 없지."

북부인이 유릭의 얼굴을 보더니 고개를 저었다.

"산맥을 넘느라 고생들 하셨군."

유릭이 이번에는 제국어로 말했다.

포로들이 술렁였다. 웬 서부야만인이 북부어와 제국어를 능숙하게 구사했다.

"이렇게 똥오줌을 지리다가 죽을 셈인가? 검의 언덕으로 가지 못하겠군."

유릭이 북부인을 비웃었다.

"내, 내게 무기를 주시오!"

북부인이 오히려 당황하며 외쳤다. 울가로를 믿는 자인 게 확실했다.

"내 질문에 대답만 한다면야 내 손으로 직접 보내주지. 명예롭게."

북부인이 고개를 연신 고개를 끄덕였다. 오랜 포로 생활로 지쳐 생기가 없었다. 단지 울가로 곁으로 가기 위해서 지금까지 버텼을 뿐이었다.

"우-우-우-우! 배신자!"

"배신이 명예로운 길이란 말이냐! 이래서 야만인들이란!"

남은 포로도 북부인을 향해 욕설을 내뱉었다.

북부인은 아랑곳하지 않았다. 그에게 중요한 건 검의 언덕으로 가는 일이었다. 어차피 돈으로 고용되어 산맥을 넘던 몸이었다. 충성심 따윈 없었다.

"물이나 마셔."

유릭이 북부인의 입에 물주머니를 댔다. 북부인이 허겁지겁 물을 마시며 한결 편안해진 표정으로 웃었다.

"어떻게 우리의 말을 아는 거요?"

북부인이 물었지만, 유릭은 그저 웃었다.

"그게 중요하진 않지. 아르텐 전초기지는 누가 지휘하고 있지? 리갈 아르텐은 죽었을 텐데?"

북부인의 눈동자가 더욱 커졌다. 눈앞의 사내는 전초기지의 이름과 내부의 사정마저 알고 있었다.

"당신은 누구요!"

그걸 다시 묻지 않을 수가 없었다.

"유릭이다."

"유릭?"

리갈 아르텐과 함께 행방불명된 야만인. 하지만 유릭의 이름은 아무도 모른다. 전초기지에서조차 그저 리갈 아르텐과 그 일행이 사라졌다고 기록되어 있을 뿐이었다.

"하여튼 그게 중요한 게 아니지. 지휘를 누가 하고 있지?"

"랜스터 공작이요. 내 고용주이기도 하지."

"북부총독 랜스터? 그 양반이 왜 여기에 있어? 좌천이나 다름없잖아."

유릭이 제국어로 중얼거렸다. 랜스터 공작과는 이미 안면이 있었다.

"아니, 도대체 당신은 누구길래……."

북부인은 더욱 당황했다. 랜스터 공작이라는 이름만 듣고 북부총독의 지위를 알아낸 사내가 서부에 있었다.

유릭은 랜스터 공작이 전초기지의 지휘관으로 오게 된 연유를 생각했다. 의외로 답은 쉽게 나왔다.

"이미 북부의 총독으로 경험을 쌓은 랭스터를 전초기지 지휘관으로 삼다니……. 어지간히도 서부개척에 공을 들이네."

유릭은 얀키누스 황제가 얼마나 업적에 목을 매다는지 안다. 그 집착은 광기나 다름없었다. 그는 어떤 희생을 치르더라도 서부를 개척할 터다.

'랭스터 공작도 고생이로군. 누가 보면 좌천이나 다름없는 인사를 받았으니까.'

북부인에게 이런저런 정보를 들었다.

"개척로 야일루드는 막바지에 이르렀소. 사람의 목숨으로 만든 피의 다리지."

"빠르군. 역시 제국이야."

유릭이 까칠한 턱수염을 매만지며 눈을 감았다가 떴다. 생각만큼이나 야일루드 건설은 빨랐다. 제국을 상대로 요행을 바라선 안 된다는 걸 다시금 깨달았다.

'전초기지에 주둔 중인 병력은 약 오백 명.'

전원이 제국군인이라는 걸 생각해 보면 만만한 숫자가 아니었다. 제국군은 집단전에서 몇 배가 되는 병력도 능히 상대한다. 그들은 집단전의 전문가들이다.

"내게 무기를 주시오. 더는 말할 게 없소."

북부인이 한숨을 쉬며 말했다. 스스로도 창피한 일이었다.

검의 언덕으로 가고자 했던 일이나, 사내답지 못했다.

"칼? 도끼?"

유릭이 묻자, 북부인이 도끼라 대답했다. 유릭은 서슴없이 도끼 하나를 북부인에게 던졌다.

"유릭?"

주변의 전사들이 경계하며 의아해했다. 포로에게 무기를 주는 모습이 이해 가지 않았다.

"괜찮아. 일종의 의례니까."

유릭이 전사들을 진정시키며 칼을 뽑았다. 맑은 소리가 났다.

"제국강철……."

북부인이 도끼와 유릭의 칼을 보며 중얼거렸다. 그가 낮게 웃었다.

유릭과 북부인이 옆걸음으로 원을 그리며 서로를 탐색했다. 주변 전사들이 그 광경을 지켜봤다.

후웅!

북부인이 위협적으로 허공에 도끼를 휘둘렀다. 유릭이 몸을 느슨하게 흔들며 눈동자로는 북부인의 도끼를 좇았다.

'포로 생활로 지쳐서 굼뜨군. 하지만 날 끝은 살아 있어. 최선을 다하고 있다는 뜻이겠지.'

이건 대련이 아니다. 생사를 건 싸움. 유릭은 추호도 봐줄 생각이 없었다. 전력을 다해 발을 앞으로 내디뎠다.

'한 걸음하고도 반걸음.'

유릭이 정확히 거리를 재며 칼을 길게 휘둘렀다. 북부인은 옆으로 구르며 칼을 피했다.

쾅!

유릭은 달려가는 힘을 더해 구르는 북부인을 걷어찼다. 망치에 맞은 듯한 소리가 났다. 마치 북부인의 동작을 예상한 듯이 경쾌한 연계였다.

"커억!"

북부인이 피를 토하며 데굴데굴 굴렀다. 유릭은 양손으로 칼을 쥐고 아래에서 위로 그었다.

스-컹!

칼날이 북부인의 복부를 갈랐다. 방어구가 없기에 내장이 쏟아질 정도로 치명적인 공격이었다.

"고, 고맙소."

북부인이 입술을 파르르 떨며 말했다.

유릭은 고개를 끄덕이며 그의 목을 베어 고통을 끝내줬다.

"시신을 잘 정돈해서 땅에 묻어. 그리고 무덤 위에 칼 하나를 꽂아."

유릭은 북부의 관습에 따라 매장을 시켰다. 전사들은 어깨를 으쓱하면서도 유릭의 명령에 따랐다.

"다른 포로는?"

"필요한 정보는 다 캐냈어. 우리에 대해 아는 게 많을 테니 그냥 보내줄 수도 없지."

유릭이 손으로 목을 긋는 시늉을 했다. 그 말을 알아들은 볼드가 고개를 끄덕였다. 곧 포로의 천막에서 비명이 연달아 퍼졌다.

"우리에겐 유릭이 있다!"

전사들이 외쳤다. 그들이 상대하는 건 미지의 적이 아니었다. 유릭은 적들을 잘 알고 있었다. 정체를 안다면 두렵지 않았다.

볼드는 포로를 전부 처리하곤 천막 바깥으로 나왔다. 전사들은 유릭의 명령대로 마른 장작을 쌓아서 포로들을 화장했다.

'저들이 원하는 사후세계로.'

유릭은 죽은 자들을 모욕할 생각이 없었다. 태양교도는 화장했고, 북부인은 매장했다.

"볼드, 전사들이 더 필요해."

유릭이 산맥을 올려다보며 말했다.

"여긴 사백이 넘는 전사들이 있어."

"그것만으론 부족해. 일단은 급한 대로 바위도끼 부족에 있는 전사들도 끌어와야 해. 볼드, 네가 갔다 와라."

볼드가 고개를 끄덕이며 자리를 떴다.

유릭은 곧장 자신을 따르는 전사 수십을 이끌고 산맥을 올랐다. 직접 산맥이 어떤지 봐야 했다.

'백오십 명씩 3교대로 경계를 서고 있어.'

사백오십 명의 전사들은 3교대로 일주일씩 경계를 섰다. 밤낮을 가리지 않고 눈을 뜨고 있는 전사가 많았다.

유릭은 모피를 단단히 여몄다. 여름인데도 협곡 근처라서 불어오는 바람이 차가웠다.

"유릭이다! 유릭이 왔다!"

산맥 밑의 야영지와 달리 경계선 전사들의 몰골은 엉망이었다. 그들은 이런 추위에도 불을 피우지도 못하고 일주일 동안 산맥에서 지냈다. 최소한의 식사만 하며 밤낮 가리지 않고 경계를 섰다.

'동포.'

유릭은 전사들을 보며 울컥한 감정을 느꼈다. 유릭과 사미칸이 원정의 영광을 누리는 동안, 이들은 혹독한 산맥에서 묵묵히 경계를 수행했다. 그들의 노고를 알아줄 사람은 유릭밖에 없었다.

"나는 앞으로 나가 정찰을 할 거다. 함께할 사람은 손을 들어라."

유릭의 말이 끝나기가 무섭게 전사들이 손을 들었다. 유릭은 상태가 좋아 보이는 전사 열 명을 뽑았다.

유릭과 전사들은 경계선 밖으로 나갔다. 그들은 사방을 경계하며 길을 개척했다.

"주술사들은 산맥의 저주를 받아 우리가 전부 죽을 거라 말했어."

전사 한 명이 유릭을 따라 걸으며 말했다. 그 말을 들은 유릭은 코웃음 쳤다.

"사람은 저주 따위로 쉽게 죽지 않아. 사람을 가장 많이 죽이는 건 같은 사람이지."

하늘과 신의 힘은 미력하다.

유릭은 그간의 경험을 통해 신들이 얼마나 가냘픈 존재인지 알았다. 그들이 관장하는 건 사후세계뿐이다. 지금 인간들이 살아가는 현세에는 영향을 미치지 못했다.

후우웅.

유릭과 전사들은 협곡 위를 걸었다. 아래를 내려다보니 까마득했다. 가끔씩 귀를 기울이면 폭포 소리가 들렸다.

'협곡 아래는 폭포며, 위로는 지형이 굴곡지고 험난하지.'

리갈 아르텐은 협곡의 절벽을 따라 움직인다는 기가 막힌 생각을 했었다. 절벽에는 사람 한 명을 발을 내디딜 만한 틈이 있었고, 리갈 아르텐의 탐험대는 그리 움직여서 하늘산맥을 비교적 쉽게 넘었다.

'그리고 이제는 절벽을 따라 개척로 야일루드를 짓고 있다.'

야일루드가 완성되면 군대도 하늘산맥을 넘을 수 있다.

유릭은 인상을 찌푸렸다. 제국군이 야일루드를 따라 걷는 장면을 상상했다. 그들이 온전히 산맥을 넘어서 산맥 아래에 기지를 만들면 끝장이다.

'산맥 내에서 놈들을 잘라야 돼.'

어느 정도 걷자, 사람들의 손길이 닿은 길이 보였다.

"지금까지 정찰대가 오가면서 닦은 길이겠지."

인간의 발길을 거부하던 산맥도 결국은 인간에게 정복당했다.

'여유가 된다면 야일루드를 지금 파괴하는 게 좋아.'

아무리 제국군이 강인해도 야일루드 없이는 산맥을 넘지 못한다.

전사들의 고민하는 유릭의 등을 바라봤다.

'하늘산맥을 넘은 자.'

산맥을 지키던 전사들은 유례없던 변화와 위기가 찾아오는 걸 안다. 그들은 제국이라는 실존하는 위험을 두 눈으로 보고 막아냈다.

'지금 같은 시기에 우리를 이끌 사람은 유릭뿐이다.'

바위도끼 부족만 그리 생각하는 게 아니었다. 다른 부족의 전사들조차 유릭에게 의지했다.

"유릭, 저기서 연기가 피어오르고 있어."

앞서가던 전사가 뒤로 돌아오며 말했다.

"역시 정복에 도가 튼 놈들다워. 조금씩 자기들 영역을 넓히고 있군."

유릭에 바닥이 침을 뱉으며 이를 드러냈다. 그는 몸을 낮게 숙이며 전진했다. 연기의 실체를 확인한 유릭은 짐승처럼 눈을 치켜떴다.

개척로 야일루드는 벌써 산맥의 완만한 능선까지 이어졌다. 제국군은 미완성인 야일루드를 지킬 임시야영지까지 만들고 있었다.

'랭스터 공작은 굉장히 신중한 사람이야. 뮬린 토벌 때도 북부의 제국군을 소집해 충분한 병력을 모아 느긋하게 진군했지. 그만큼 단단하고 까다로운 정공법을 구사해.'

랭스터 공작은 서두르지 않았다. 야영지를 요새화하며 천천히 제국의 영역을 넓혔다. 북부총독직을 맡으며 쌓은 경험은 녹록지 않았다.

"저들이 뭐 하는 거지?"

전사가 유릭에게 속삭였다.

"야영지를 요새화하는 거다. 우리가 다리를 파괴하지 못하도록 지키는 거지. 미완성인 다리를 타고 올라와서 우리를 공격해 주는 게 차라리 나아. 저런 식으로 방어하면서 온전하게 병력을 모아 몰아치면…… 막을 방법이 없어."

"막을 방법이 없다니? 우린 전사다!"

전사들이 유릭의 말에 반발했다.

"우리의 무장은 빈약하고, 집단전 경험도 저들에 비하면 터무니없이 부족해. 용맹한 것과 개죽음은 구분해야지."

"그래서? 이대로 물러나자고?"

"야영지의 요새화가 끝나기 전에 공격할 거다."

유릭은 뒤로 손짓을 했다. 전사들이 슬금슬금 물러나며 다시 산맥 아래로 내려갔다.

제국의 공병들은 유능했고, 하루가 멀다 하고 야영지가 점점 요새화될 터였다.

유릭은 산맥 밑자락에 대기하고 있는 전사들을 모두 소집했다. 바위도끼 전사들이 합류하는 것조차 기다릴 수 없었다.

사흘 뒤에 유릭은 다시 산맥을 올라갔다. 그의 눈 밑은 거무스름했다. 제대로 쉬지도 못해서 피로가 깊게 쌓여 있었다.

'전사 사백여 명.'

유릭은 자신을 따라 산맥을 오르는 전사들을 바라봤다. 그들은 도끼로 수풀과 나무를 베어내 길을 만들었다.

'야영지 규모로 봐선 족히 백 명의 병사가 있겠지.'

유릭이 눈을 질끈 감았다가 떴다. 숫자로 압도하지만 안심할 순 없었다.

'전사들은 나를 믿고 있다.'

유릭은 막중한 책임감을 느꼈다. 용병단을 이끌 때와는 전혀 감각이 달랐다.

용병들은 돈을 위해 목숨을 거는 자들이었다. 그들은 정당한 대가를 받고 생사의 경계에 몸을 던진다. 유릭은 용병의 죽음에 가책을 느끼지 않았다.

'이들이 목숨을 거는 건 동포와 형제들을 위해서지.'

전사들의 눈동자에는 그 어떤 사리사욕도 없었다. 단지 형제와 가족을 지킨다는 열망뿐이었다. 그들의 순수한 동기가 유릭의 가슴에 불을 질렀다.

"모두가 살아남을 수 있다는 거짓말은 하지 않겠다. 전투가 끝나면 태반은 피를 흘리며 서늘하게 죽어갈 거야. 우린 주술사도 없이 전투를 시작할 거고, 산맥에서는 깊은 부상을 입으면 살아남지 못해."

유릭이 저 멀리 피어오르는 연기를 바라보며 말했다.

전사들의 시선이 유릭에게 쏠렸다. 그들에겐 의지할 사람이 필요했다. 유릭이 숨을 들이마시며 말을 이었다.

"……나는 하늘의 허락을 받아 산맥을 넘은 유릭이다. 주술사들은 나를 대지의 아들이라 부르지. 내가 약속할 수 있는 건 오직 하나야. 나는 언제나 너희들의 앞과 옆에 서 있겠다. 함께 어깨를 맞대고 싸우자."

유릭은 주술사들이 선물한 자신의 신성을 내세웠다. 그는 자신이 가진 상징성을 거부하지 않았다.

고양감에 가득 찬 전사들이 무기를 높게 들었다. 산맥의 추위조차 떨쳐낼 정도였다. 자신의 뜨거움을 증명하듯 모피망토와 가죽옷조차 벗으며 알몸으로 나선 사내도 있었다.

'전사들에게 의지할 게 필요하다면 내가 그런 존재가 되겠다.'

유릭이 주머니에 넣어둔 재를 한 움큼 꺼내 얼굴에 비볐다. 그의 얼굴이 위협적으로 검었다.

"산맥은 저들을 허락하지 않았다. 우리가 하늘을 대신해 저들을 심판할 것이다."

유릭은 내키지 않는 말조차 짜냈다. 이런 말조차 전사들에게 도움이 된다면 얼마든지 더할 생각이었다.

삐이이이-!

갑자기 산맥을 능선을 타며 매 한 마리가 날아오르며 길게 울었다. 날개를 넓게 펼친 매가 유릭과 전사들 위를 맴돌다 사라졌다.

"하늘이 대답했다!"

전사들이 외쳤다. 그들은 눈을 동그랗게 떴다. 매가 날아오른 건 하늘의 뜻으로밖에 보이지 않았다. 유릭의 말에 하늘이 응답했다.

놀란 건 유릭도 마찬가지였다. 매가 날아오른 건 우연일 터다. 살다 보면 기가 막힌 우연도 있는 법이다.

눈을 크게 뜬 유릭이 매가 사라지는 걸 끝까지 바라봤다.

"어쩌면 진짜 하늘의 뜻일지도……. 큭큭."

유릭이 낮게 웃으며 어깨를 들썩였다. 그가 허리를 일으켜 세우며, 칼을 뽑아 앞을 가리켰다.

함성이 쏟아지며 전사들이 내달렸다.

캉! 캉!

제국공병이 망치를 들고 나무기둥을 땅에 박았다. 그들은 거친 협곡 위에 야영지를 만들고, 주변을 요새화하고 있었다.

"나무 좀 더 베어 와!"

공병장교가 손을 들어서 외쳤다.

제국군의 공병술과 건축술은 어지간한 전문목수들보다 나았다. 그들은 야일루드를 짓던 인력까지 협곡 위로 올려서 야영지를 요새화했다.

"랜스터 공작님께서도 쓸데없는 걱정을 하시는군. 야만인들이 두려워 이렇게 산맥 중간에 요새를 만드시다니……."

공병장교가 투덜거렸다.

'오지도 않을 야만인들을 걱정해 요새를 짓는 건 인력 낭비야.'

공사를 하는 병사들의 얼굴에는 불만이 뚝뚝 묻어나왔다. 병사들은 오랜 야일루드 건설에 지쳐 있었다.

야일루드는 늘어날 때마다 사람이 죽어가는 피의 다리였다.

"병사들 사이에서 이번 야영지 건설에 대한 불만이 많습니다, 주군."

기사가 랜스터 공작에게 보고했다.

"인력 낭비라고 생각하겠지. 당장 일 하나 늘어나는 게 불만인 건 당연해."

"정말로 여기에 야영지를 지을 가치가 있을까요?"

기사조차 의문을 품었다.

야만인들은 저 멀리서 경계만 서고 있을 뿐이다. 그들이 먼저 공격해 올 거라는 생각은 들지 않았다.

"만약 놈들이 여기까지 진군해서 야일루드를 부순다면?"

"야일루드의 존재조차 모를 겁니다."

"대비해서 나쁠 건 없네. 내가 병사들에게 욕 좀 먹고, 최악의 사태를 대비할 수 있다면 이득이지."

랜스터 공작이 가볍게 배를 두드리며 웃었다.

'야만인과 충돌하지 않는 게 가장 좋지. 하지만 대비는 해야

된다.'

랜스터 공작은 건설 중인 야영지를 둘러봤다. 병사들이 울타리를 열심히 새워 야영지를 요새화하고 있었다.

'야일루드.'

랜스터 공작이 협곡 아래를 쳐다봤다. 협곡의 절벽을 따라 이어진 야일루드가 보였다. 야일루드 끄트머리에서는 인부들이 다리건설을 하고 있었고, 전초기지와 이어진 방향에서는 물자를 짊어진 짐꾼들이 야영지를 향해 오고 있었다.

"올려!"

병사들은 도르래를 이용해 야일루드에서 협곡 위로 짐을 운반했다.

야영지의 물자는 점점 쌓여갔다. 병사도 백 명이 넘게 주둔했다.

"일단 급한 곳부터 울타리를 세웠습니다. 야만인들이 오더라도 섣불리 공격하지 못할 겁니다."

공병장교가 랜스터 공작에게 보고했다. 그는 촘촘하게 세워진 통나무 울타리를 보며 호언장담했다.

삐이이이-!

보고를 받던 랜스터 공작이 고개를 들었다. 매가 산등성이를 타고 길게 울었다.

"우와아아아아아아!"

매가 날아온 방향에서 함성이 울려 퍼졌다.

땡! 땡!

병사 하나가 야영지의 종을 쳤다.

"적이다! 야만인들이 온다!"

병사들이 서둘러 울타리 위로 올라갔다. 그들은 나무 사이로 몰려오는 야만인들을 보곤 서둘러 쇠뇌를 들었다.

"전원 자리를 이탈하지 마라!"

부관들이 병사들을 독려하며 외쳤다.

"공작님 말대로군. 진짜로 야만인들이 몰려왔어."

병사들이 중얼거리며 야만인들을 바라봤다. 그들의 눈동자가 차분했다. 야만인의 기습에도 당황하지 않고, 장교들의 명령을 기다렸다.

"발-사!"

병사들이 일제히 쇠뇌를 쐈다. 매서운 화살이 야만인들을 휩쓸었다.

"카악!"

유릭은 옆에서 넘어지는 전사들을 바라봤다.

콰직!

방패를 든 전사조차 쇠뇌의 화살을 막지 못했다. 화살이 방패를 관통하며 전사들의 몸뚱이를 꿰뚫었다.

'장력이 더 강한 쇠뇌다.'

유릭이 인상을 찌푸렸다.

야영지의 쇠뇌병들은 장력이 강한 개량쇠뇌를 쓰고 있었다. 개량쇠뇌를 든 병사들은 도구를 이용해 발로 밟아 쇠뇌를 장전했다. 그만큼 장력이 강해 화살의 위력도 매서웠다.

"숙여!"

유릭이 팔을 뻗으며 외쳤다. 전사들이 자세를 숙이며 전진했다.

"바짝 붙어!"

쇠뇌 화살이 날아오는 족족 전사들이 나뒹굴었다.

유릭은 초조한 나머지 입술을 악다물었다. 땀방울이 턱을 타고 흘러내렸다.

'여기서 후퇴하거나, 희생을 감수하고 전진해야 한다. 하지만 지금 공격했다가 시기를 놓치면…… 요새는 더 튼튼해질 거야.'

유릭이 활을 꺼내 들었다. 그가 쇠뇌 화살이 날아오는 와중에 팔을 길게 뻗으며 활시위를 당겼다.

팅!

유릭의 화살이 요새를 향해 날아갔다. 쇠뇌병 하나가 화살을 맞고는 울타리 밑으로 떨어졌다.

"대지의 아들이 함께한다!"

전사들이 외쳤다. 활 좀 쏜다는 전사들도 유릭처럼 활을 들었다.

"방패!"

제국의 쇠뇌병은 만만하지 않았다. 그들은 방패를 울타리 위로 세우고, 그 뒤에 숨어서 쇠뇌를 장전했다. 얼굴만 내밀어 사격하는 쇠뇌병들은 부족의 화살에 더 이상 맞지 않았다.

그나마 다행인 것은 쇠뇌의 장전속도가 늦다는 점이었다. 전사들이 울타리 밑까지 붙었다.

"옆으로 돌아서 들어가!"

울타리에 바짝 붙은 유릭이 외쳤다. 뒤로는 전사 수십 명이 시체가 되어 나뒹굴었다. 전진만으로 막대한 피해를 입었다.

울타리는 완전히 야영지를 두르지 못했다. 전사들이 울타리를 따라 옆으로 이동해 야영지 안쪽으로 들어갔다.

푸욱!

울타리 모퉁이를 돌자마자 부족전사들은 창에 꿰였다.

이미 제국군은 침착하게 야영지 내부에서 진형을 짜고 야만인들을 기다리고 있었다.

좁은 길로 몰려오는 야만인들이 학살당하듯 픽픽 쓰러졌다. 그사이에 울타리 위에 있던 쇠뇌병들이 재차 사격을 반복했다.

"개자식들이……."

유릭이 이를 바득바득 갈았다. 피해는 예상했다. 그런데도 화를 참기 힘들었다.

전사들의 무장은 제국군보다 훨씬 열악하고, 방어보다 공격하는 측이 불리했다. 우세한 건 전사의 숫자뿐이었다.

"비켜!"

유릭이 좀처럼 앞으로 나가지 못하는 전사들을 헤치며 앞으로 나갔다.

캉!

가장 앞으로 나선 유릭이 매섭게 자신의 목을 찔러오는 창을 쳐 냈다. 그는 도끼를 던져서 창병의 머리통을 박살 냈다.

키이잉!

다른 창이 유릭의 옆구리를 파고들었다. 그 창은 유릭의 흉갑 때문에 미끄러졌다.

'갑옷?'

창을 찌른 병사가 당황했다. 야만인이 흉갑을 몸에 두르고 있었다. 그것도 아주 질이 좋은 갑옷이라서 창날이 미끄러질 정도였다.

"오오오오!"

유릭이 고함을 질렀다. 그는 자신을 공격하다 미끄러진 창을 잡아서 당겼다. 창을 잡고 있던 병사가 진형을 이탈하며 앞으로 딸려 나왔다.

콰직!

유릭이 주먹을 휘둘러 병사의 안면을 부쉈다. 압력으로 튀어나온 안구가 바닥을 굴렀다.

유릭은 떨어진 안구를 지르밟으며 창을 던질 것처럼 자세를 취했다.

병사의 창은 투척용이 아니었다. 무겁고 길어서 던지기가 힘들다.

뿌드드득!

유릭은 온몸의 근육을 사용해 창을 힘껏 던졌다. 그의 몸이 앞으로 크게 기울어지면서 창이 제국군 사이로 날아갔다.

콰직!

유릭이 던진 창에 병사 세 명이 꿰었다. 적군 아군 가릴 것 없이 경악에 찬 탄성이 흘러나왔다.

"저, 저 덩치가 큰 야만인부터 조준해!"

장교가 쇠뇌병에게 외쳤다. 하지만 쇠뇌병들은 유릭을 조준하지 못하고, 접근하는 부족전사를 쏘기에 급급했다.

형제의 시신을 방패 삼아 전진하는 전사들이 울부짖었다.

"뒈져라라아아아아아!"

쇠뇌병이 장전하는 사이에 부족전사들이 울타리 위로 올라섰다. 형제와 적의 피를 뒤집어쓴 전사들의 얼굴은 빨갰다.

"쇠뇌를 버리고 칼을 들어! 난전이다!"

이미 제국군도 진형이 깨졌다. 제국군의 진형을 깨기 위해서 부족전사들이 무모한 돌격을 감행했다. 형제의 시체를 넘어 제국군의 진형을 깨뜨린 전사들이 포효했다.

난전 상황이 벌어지자, 숫자에서 앞서는 부족전사들이 우위를 잡는 듯했다. 전사 개개인의 전투력은 제국병사에 뒤지지 않았다.

"오오오오옷!"

병사의 목을 베며 포효하던 전사가 고개를 옆으로 들었다.

철컹, 철컹.

낯선 소리가 들렸다. 쇠들이 마찰하며 흔들리는 소리였다.

"철…… 갑옷? 유릭이 말하던 그놈들인가!"

전사들이 눈을 크게 떴다. 전신판금갑옷을 입은 기사들이 야영지 한쪽 편에서 걸어오고 있었다.

열 명의 기사는 랭스터 공작의 호위기사였다. 그들은 전투가 일어나자마자 종자들을 불러 전신판금갑옷을 입었다. 그사이에 전세가 많이 흐트러졌으나, 그들에겐 그 흐름을 바꿀 힘이 있었다.

깡!

부족전사들이 기사들에게 달려들었다. 그들의 무기는 도끼나 창, 칼 따위였다. 그마저도 철을 아끼느라 중량이 가벼운 무기들이다.

캉! 캉!

부족전사들이 달려들어 판금갑옷 위를 두들기는 모습이 마치 어린아이 장난 같았다.

"물러나!"

유릭이 외치기가 무섭게 기사들이 부족전사들을 휩쓸며 베어나갔다. 기사들이 지나가는 곳마다 부족전사들이 우르르 죽어나갔다.

흉악하기 그지없는 첨단무구 앞에서 부족전사들의 용맹조차 무의미했다.

"내가…… 간다."

유릭이 입가에 묻은 피를 헛바닥으로 핥으며 중얼거렸다.

"카아아아아!"

형제들의 비명이 느껴진다. 그들이 흘린 뜨거운 핏물이 차가운 산맥을 데웠다.

'유릭, 네가 불러온 재앙이다.'

산맥의 악령들이 유릭에게 속삭인다.

'너는 대지의 아들 따위가 아니야.'

'가련한 고아여.'

'불타는 대지는 현실이 될 거다.'

유릭이 환청을 들으며 도끼와 칼을 들었다. 적과 아군이 뒤엉킨 혼돈 속에서 다시금 무기를 휘둘렀다.

푹!

한창 싸우던 유릭의 몸이 휘청거렸다. 쇠뇌 화살이 그의 허벅지에 박혔다.

"끄아아아!"

유릭이 비명을 지르며 쇠뇌를 쏜 병사를 향해 도끼를 던졌다. 투척도끼가 닿을 거리가 아니었는데도, 발작적으로 던진 유릭의 도끼는 쇠뇌병의 머리에 박혔다.

"덕분에 정신이 번쩍 드는군."

유릭이 허벅지에 박힌 화살을 부러뜨리며 웃었다. 그는 자신에게 접근하는 기사를 응시했다.

캉!

유릭이 기사의 칼을 강철검으로 받아치며 옆으로 돌았다. 그는 기사의 오금을 걷어차며 자세를 무너뜨렸다. 전신판금갑옷을 입은 기사와 어떻게 싸워야 할지는 몇 번이고 생각했었다. 자연스레 공격이 나갔다.

쿵!

오금을 맞은 기사가 한쪽 무릎을 꿇었다. 유릭은 그대로 기사의 팔을 잡아서 당겼다.

으드드득!

기사의 팔에서 기괴한 소리가 났다. 관절이 빠지고 근육이 찢어졌다. 손바닥 한 뼘만큼 더 늘어난 팔이 덜렁덜렁 흔들렸다.

"꺼어어어억!"

기사가 비명을 질렀다. 유릭은 기사의 머리통을 발로 세게 짓밟았다.

우득!

발작하던 기사의 목뼈가 부러졌다.

"거의 맨손으로?"

보고 있던 이들이 소리를 질렀다.

유릭은 터무니없이 쉽게 판금갑옷을 입은 기사를 제압해 죽였다.

고도의 집중력과 판금갑옷구조에 대한 이해, 그리고 맨손으로도 사람의 뼈를 우습게 부수는 완력이 있어야 가능한 일이었다. 조금만 실수했어도 쓰러져 있는 사람은 유릭이었을 터다.

"하아."

유릭이 길게 숨을 내뱉었다. 달아오른 숨결이 허공에서 흔들렸다. 그가 고전하는 전사들을 보며 외쳤다.

"바닥의 창을 들어라! 긴 창을 들어서 찔러! 넘어지게 유도해!"

전사들은 기사들을 맞상대하지 않고 뒤로 빠졌다. 그들은 제국군이 들고 있던 창을 쥐어서 기사들을 공격했다.

창을 든 전사들이 달려들자, 기사 서넛이 창에 엉켜서 넘어졌다.

'망치.'

유릭은 야영지 건설에 쓰던 망치를 발견하곤 집어 들었다. 건설용 망치는 전투용으로 쓰기에 지나치게 무거웠으나, 넘어진 기사의 숨통을 확실히 끊는 용도로는 충분했다.

콰ー앙!

유릭이 쓰러진 기사의 머리를 망치로 찧었다. 충격의 반발로 온몸이 저릿했다.

벌써 기사를 둘이나 죽인 유릭이 험악하게 다른 기사들을 노려봤다.

"어떻게 된 거지?"

기사들이 당황했다. 그들은 자신들의 힘으로 전세를 바꿀 수 있으리라 자신했다.

'놈들은 마치 판금갑옷을 상대해 본 경험이 있는 것처럼 싸우고 있어.'

도저히 제국군과 처음 싸우는 야만인들로 보이지 않았다. 야만인들은 강철판금갑옷을 입은 기사조차 어떻게든 잡아냈다.

"퇴각하라!"

랭스터 공작이 결단을 내렸다. 야만인들은 아직도 이백 명은 족히 남아 있었다. 기사들도 생각 이상으로 활약하지 못했다. 투입한 기사들이 덩치가 큰 야만인 하나와 전사들에게 발이 묶였다.

'저놈은 누구란 말인가!'

랭스터 공작이 대장으로 보이는 덩치가 큰 야만인을 노려봤다. 얼굴이 전투화장으로 새까매서 이목구비가 보이지 않았다.

살아남은 기사와 제국병은 오십여 명. 그들은 병력의 절반을 잃고 퇴각했다. 그들은 뒤로 빠지면서 야영지를 버리고 도망갔다.

언뜻 보면 부족전사의 승리 같았으나, 사백 명이 넘던 부족전사는 절반으로 줄었다. 처참한 교환비였다. 모든 면에서 열악한 상황이었고, 승리하기 위해 전사들의 목숨을 도구로 쓴 셈이다.

"유릭! 유릭!"

"오오오오오!"

유릭은 게슴츠레한 눈으로 시체들을 바라봤다. 전사들이 유릭의 이름을 외치며 환호했다. 낯선 문명으로부터 광기 어린 승리에 취한 그들은 기뻐했다.

'앞으론 이렇게 싸워선 안 돼.'

유릭은 기쁨보다도 회한이 들었다. 좀 더 좋은 방법이 없었을까 하는 미련이 머릿속을 맴돌았다. 형제들의 죽음이 너무나 무거웠다.

랜스터 공작은 남은 병력을 이끌고 산맥 능선 아래로 도주했다. 사다리를 타고 야일루드로 바로 내려가다간 야만인들의 추격에 전멸할 게 뻔했다. 그들은 도주하면서도 앞쪽에 있는 사다리를 끊어서 야만인들이 야일루드로 바로 내려오지 못하게 했다.

"조심하십쇼!"

기사가 넘어지던 랜스터 공작을 부축했다. 패주하는 길도 험해서 발을 삐는 자가 한둘이 아니었다.

"이곳 야만인은 북부인 이상이란 말인가……."

전투 과정이 좀처럼 이해가 되지 않았다. 기사까지 투입했는데도 승기를 잡지 못했다.

"놈들에겐 노련한 지휘관이 있었습니다."

기사 하나가 말했다. 랜스터 공작도 그 야만인을 떠올렸다. 덩치가 커서 전장에서 두드러지던 야만인이 하나 있었다.

"그 덩치가 큰 야만인을 말하는 거로군."

"손짓과 목소리로 봐선 놈이 지휘하는 게 확실했습니다. 그놈이 스카잔 경을 죽이는 걸 두 눈으로 봤는데, 마치 판금갑옷의 구조를 아는 듯이 싸우더군요. 갑주격투술과 닮아 있었습니다."

전신판금갑옷을 입은 기사끼리 싸우는 경우는 드물다. 전신판금갑옷은 제국기사의 상징이기 때문이다. 하지만 종종 전신판금갑옷을 입은 자들끼리 싸우는 경우가 있었고, 그에 대한 전투술도 꽤나 연구된 편이다.

전신판금갑옷을 입은 자들끼리 싸우면 일반적인 공격은 대부분 먹히지 않는다. 방어력이 우수한 두 기사가 마주하면 초근접을 통해 갑옷의 틈새를 노리거나 격투술로 승패가 나는 경우가 많았다.

'놈은 갑옷으로도 보호하지 못하는 관절 방향을 공격했다.'

유릭의 모습은 기사들의 뇌리에 똑똑히 남았다.

"폐하께 시신을 보내면 실망하시겠군. 야일루드 완공이 생각보다 늦어지겠어."

랭스터 공작이 쓰게 웃었다.

패주한 제국군은 건설된 야일루드 중간으로 내려갔다. 사다리를 타고 내려간 그들은 전초기지로 돌아가 지원 병력을 요청했다.

"야만인들이 야일루드 건설을 막으려고 이렇게 적극적으로 공세를 펼친 거라면…… 생각 이상으로 똑똑하고 시야가 넓은 놈들이라는 거지."

전초기지로 돌아간 랭스터 공작이 욕조에 몸을 담그며 생각했다.

랭스터 공작은 남은 병력을 야일루드로 보내 야만인이 다리를 끊지 못하도록 방비했다. 후방을 제외하곤 야일루드와 협곡 위를 연결하는 사다리를 끊었고, 쇠뇌병을 전방의 야일루드로 보내 협곡 위를 오가는 야만인들을 견제했다.

"저게 사람의 힘으로 지은 다리라고? 말도 안 돼!"

부족전사들은 협곡 위에서 야일루드를 내려다보며 경악했다. 절벽에 걸친 야일루드는 넓은 폭을 유지하며 점으로 보일 만큼 멀리 뻗어 있었다.

"어이, 조심해."

유릭이 전사의 어깨를 잡아서 뒤로 당겼다.

휙!

야일루드에서 화살이 날아왔다. 간발 차로 머리를 내밀었던 전사가 살았다.

쇠뇌병들이 야일루드에서 협곡 위를 조준하고 있었다. 그들은 협곡 위와 야일루드를 연결하는 사다리까지 미리 다 끊었다.

'협곡 위에서 야일루드를 파괴할 방법은 없어.'

유릭이 아래를 보며 골몰히 생각했다. 야일루드는 한참이나 밑에서 지어지고 있었다. 바위를 굴려도 보고 불화살도 쏴봤지만 다리를 파괴하긴 힘들었다. 그들이 할 수 있는 건 공사를 지연시키는 일뿐이었다.

"대단해."

유릭이 솔직한 감탄을 터뜨렸다. 그가 리갈 아르텐을 죽인 지 일 년이 지났다.

리갈 아르텐 없이도 제국군은 꾸역꾸역 야일루드를 지었다. 사람의 힘으로 지었다고 믿기 힘든 위대한 건축물이었다.

'하지만 난 위대한 야일루드를 부숴야 한다.'

유릭이 쓰게 웃었다. 제국군은 인간의 힘으로 신의 영역이라 불리던 하늘산맥을 개척했다. 침략자를 향한 존경이 마음속에서 우러나왔다.

"침략자들은 더 많은 병력을 이끌고 다시 한번 여기로 올 거다. 이걸로 끝이 아니야."

유릭은 제국군의 야영지를 보수했다. 야영지에는 많은 보급품이 남아 있어서 맨몸으로 온 전사들이 주둔하기에 당장은 충분했다.

"갑옷이야! 나도 유릭처럼 철갑옷을 입는다고!"

무구를 노획한 전사들이 시시덕거렸다. 제국군이 남긴 물자는 전사들에게 많은 도움이 되었다. 특히나 많은 전사들이 조잡한 부족제 무구에서 벗어날 수 있었다. 제국군의 일개병사가 쓰는 무구조차 부족전사에겐 보물이나 마찬가지다.

끼릭.

유릭은 개량쇠뇌를 매만졌다. 유릭조차 손으로 장전하기 힘들었다. 가죽장갑을 끼지 않았다간 장력으로 손가락 피부와 근육이 찢어질 정도였다.

"이렇게 하는 건가."

유릭이 막대기를 쇠뇌의 줄에 걸쳐서 발로 밟았다. 이음새가 맞물리는 소리가 났다.

퉁!

개량쇠뇌의 위력은 무시무시했다. 쇠뇌 화살은 부족방패를 가볍게 관통했다.

유릭도 전투 중에 허벅지에 쇠뇌 화살을 맞았다. 그는 굵은 허벅지에 붕대를 칭칭 감고 걸어 다녔다.

"노획한 무구는 창고 하나에 모아. 필요한 무기만 꺼내서 써. 괜히 다투지 말고."

유릭이 손짓하며 명령했다.

"이것도 먹는 거야? 딱딱하잖아."

"고깃국에 적셔 먹는 거야. 그냥 먹다간 이빨이 부러질 거다."

유릭은 정신이 없었다. 전사들의 질문은 끝이 없었고, 그 질문에 답할 수 있는 사내는 유릭뿐이었다.

"교대로 야일루드를 지켜봐. 다섯 명씩 조를 짜서 경계로 나가고."

유릭의 명령에도 반발은 없었다. 전사들은 유릭의 말에 토를 달지 않고 따랐다. 젊은 부족장에 불과했던 유릭의 권위는 어느새 전사들 사이에서 절대적이었다. 유릭의 말이라면 불구덩이 안으로 들어갈 전사들이 수두룩했다.

"사미칸에게 푸른안개 전사를 끌고 오라고 전해. 벨루아도 마찬가지."

유릭은 전사를 각 부족장에게 보냈다.

'하늘산맥에서 놈들을 막아야 돼. 하늘산맥이 뚫리면 막기가 훨씬 힘들어진다.'

유릭은 협곡에서 불어오는 바람을 맞았다.

유릭이 제국군의 야영지를 뺏은 지 보름이 지났다. 야일루드와 협곡 위의 대치는 여전했다. 서로의 위치를 알면서도 고저 차 때문에 바라만 보고 있었다.

바위도끼의 전사들이 합류했고, 산맥의 야영지에 상시 주둔하는 전사는 삼백 명이었다. 이것마저도 유지하기 버거웠다. 야영지 주변의 나무는 전부 땔감으로 썼으며, 제국군이 놔두고 간 보급물자도 금방 바닥을 드러냈다. 추위를 견디지 못하고 하산하는 전사도 많았다.

추위에 약한 부족전사들의 발가락과 손가락이 동상으로 검게 물들었다. 야영지의 지대는 산맥 중턱이었고, 협곡에서 불어오는 냉풍을 그대로 맞는 터라 상당히 추웠다.

"제기랄, 언제까지 여기에 있어야 돼?"

전사들이 불만을 터뜨렸다. 땔감이 부족해 모닥불 하나에 열 명이 붙어 있었다. 제국군과 달리 전사들은 보급이 시원찮았다. 야일루드처럼 지상과 이어진 보급로가 없기 때문이었다.

"아가리 닥쳐. 유릭도 매일 밤 경계를 서잖아."

"뭐? 너는 바위도끼 부족이니까 그런 말이 나오는 거겠지! 난 붉은모래라고!"

승전의 환희조차 추위 앞에서 얼어붙었다. 상황이 악화되자 전사들 사이에서 싸움이 일었다.

"조용해. 내려가고 싶으면 내려가라. 말리지 않을 테니까."

유릭이 싸움을 보곤 다가왔다. 하지만 입으로 불만을 내뱉어도 지금까지 버틴 전사들은 자존심이 높은 자들이다. 내려가라고 해도 내려가지 않을 자들이었다.

"차라리 저 야일루드인가 뭔가로 내려가서 우리가 공격하자고."

불만을 터뜨렸던 전사가 어깨를 움츠리며 말했다.

"다리는 폭이 좁아. 놈들은 이미 우리를 상대할 준비를 끝냈을 거야. 그저 개죽음이지. 공격하려면 허를 찔러야 된다."

유럭도 궁리를 해봤지만 좀처럼 답이 나오지 않았다. 사미칸이 올 때까지는 이대로 대치하는 게 최선이었다.

뎅! 뎅!

종소리가 울렸다. 전사들이 욕설을 내뱉으며 무기를 들었다.

"저 새끼들은 잠도 없나!"

어둠 속에서 능선을 타고 온 제국군이 야영지를 호시탐탐 노렸다. 그들도 병력 보강이 되지 않아 전면전을 피했다.

쉬익!

밤중에 화살을 오갔다. 단순한 위협이었다.

"무기를 들어! 그냥 저놈들을 쫓아가자고!"

흥분한 전사들이 외쳤다.

"그게 놈들이 원하는 거다. 야영지를 잃어서 초조한 건 놈들도 마찬가지야."

산맥의 지형은 험했고, 야영지를 지을 만한 곳은 드물었다.

'저 멀리 떨어진 야일루드의 사다리를 타고 올라온 병사들이다. 능선을 따라 여기까지 온다고 지쳤겠지.'

서로에게 고통뿐인 대치였다.

'사미칸, 네 도움이 필요하다.'

유럭은 형제의 도움을 그 어느 때보다 간절히 원했다. 지금 상황을 타개하려면 바위도끼 부족의 힘만으로는 부족했다. 연맹의 대족장인 사미칸과 전략적으로 큰 그림을 짤 필요가 있었다.

"고개를 숙여. 어차피 금방 화살을 쏘다가 지쳐 돌아갈 거다."

유릭이 전사들에게 말했다. 그들은 작아지는 모닥불을 바라봤다.

Chapter 6

랜스터 공작은 제국의 답신이 오기 전까지 대치를 유지했다. 야영지를 뺏으려고 하지도 않았으나, 그 이상 영역을 넘겨주지도 않았다. 야만인들도 쉽사리 야영지 바깥으로 나오지 못했다.

　제국에는 말을 여러 필 끌고 오가는 파발 제도가 있었다. 덕분에 제국의 답신은 부족사회에 비교도 안 될 정도로 빨랐다. 고작 일주일 만에 제국에서 답신이 왔다.

　"폐하께선 진담이신 건가⋯⋯."

　답신을 받은 랜스터 공작은 이마를 매만졌다. 랜스터 공작은 그림까지 첨부해 열 장이 넘는 분량으로 전황을 상세히 보냈었다. 그는 지금 상황이 얼마나 난처한지 황제에게 꼼꼼하게 알렸다.

"어떤 희생을 치르더라도, 산맥 너머를 차지하시겠다는 거로군."

랜스터 공작은 황제의 서신에서 열망을 느꼈다. 휘갈긴 듯한 글씨에서 강렬한 힘이 느껴졌다.

'3,000명 규모의 징집병과 노예병 군대.'

징집병과 노예병은 터무니없이 질이 낮은 병력이다. 지방영주들끼리의 다툼에서나 쓸 법한 저급한 병력이었다. 제국군은 자원병으로만 이루어진 긍지 높은 군대였고, 그런 저급한 병력을 쓰지 않았다.

"노예와 징집병이라곤 하나, 어디서 삼천이나 되는 군대를 바로……"

랜스터 공작이 투덜거리며 서신을 읽다가 인상을 찌푸렸다. 제국 수도에서 오는 병력이 아니라, 산맥의 주변 왕국에서 징집한 병력과 노예들이 아르텐 전초기지로 오고 있었다. 감히 황제의 칙령을 무시할 왕국은 없었다. 당장은 그러했다.

'아무리 속국이라지만…… 이들은 야만인들과 달리 자치가 보장된 왕국들이다. 이런 식으로 마구잡이로 병력을 요구하다니, 그것도 희생양으로 쓸 병력을……. 이런 폭압이 쌓여서 나중에 독이 될 게 뻔해.'

랜스터 공작은 인상을 찌푸렸다. 황제의 명령은 극단적이었다. 그는 서신에 담긴 지도를 바라봤다. 지도에는 황제가 지시한 전략전술이 그려져 있었다.

"누더기 가죽만 입힌 노예병과 징집병으로 마구잡이로 올려보내라는 거로군. 추위에 죽든 창칼에 맞아 죽든…… 어차피 산맥에서 죽어도 되는 병력이란 말이지. 제기랄."

황제의 지시는 인해전술이었다. 산맥에서 싸움이 힘든 까닭은 병력을 보존해야 하는 이유 때문이다. 방한 준비 없이 올라갔다간 비전투 손실이 크다. 그래서 소규모 병력만 올릴 수밖에 없었다.

'죽어도 되는 병력.'

랜스터 공작이 크게 한숨을 쉬었다. 내키는 명령은 아니었다. 하지만 황제의 뜻은 확고했고, 이미 희생양이 될 병력들이 전초기지로 오고 있을 터다.

"루여, 부디 용서하시옵소서……."

랜스터 공작이 태양장식 목걸이를 매만졌다. 야일루드 건설에서도 인부와 노예들이 죽어나갔지만, 이번에는 그 규모가 남달랐다.

일주일 뒤, 아르텐 전초기지로 병력들이 모여들었다. 조잡한 무장을 갖춘 징집병과 노예병들이었다. 말이 징집병이지 사실상 부랑자나 거지나 다름없었다. 노예는 비쩍 곯고 병든 자가 대다수였다. 황제의 명령을 거부하지 못한 속국들이 머릿

수만 어떻게든 채워 보낸 것이었다.

'자신들이 희생양이라는 것도 모른 채, 여기까지 온 자들이다.'

랜스터 공작은 참담한 심정으로 삼천의 병력을 바라봤다. 이들은 제대로 된 병력이 아니었다. 그저 '돈을 많이 준다' '한 번만 싸우면 자유의 몸으로 만들어주겠다' 따위의 말에 넘어가 온 자들이었다. 산맥을 넘어야 한다는 말은 듣지도 못했을 것이다.

"황제폐하의 명이다."

랜스터 공작은 그 말밖에 하지 못했다. 제국군이 노예와 징집병들을 재촉했다. 그들은 야일루드의 후방 사다리를 통해 노예와 징집병들을 협곡 위로 올려보냈다. 후방의 사다리에서 올라갔기에 야영지에 도달하려면 능선을 타고 한참이나 진군해야 했다.

노예와 징집병들은 만반의 준비를 한 제국군조차 힘겨워하는 능선을 타고 올라갔다.

"끄으으으."

사방에서 신음이 퍼졌다. 바람이 세차게 불 때마다 비명이 들렸다. 뼈까지 얼어붙는 듯했다.

노예들은 다리와 손이 동상으로 검게 변해도, 움직일 수만 있다면 걸어야 했다. 걷지 못하면 죽을 뿐이었다. 영역을 침범당한 하늘산맥은 힘차게 인간의 생명을 집어삼켰다.

"무사히 산맥을 넘어가면 부귀영화와 자유를 누릴 것이다! 황제폐하께서 약속하셨다!"

제국군이 징집병과 노예들을 독려했다. 그 말은 사실이었다. 살아서 산맥을 넘으면 자유의 몸이 될 것이고, 금화가 두둑한 주머니를 받을 터다. 몇 명이나 살아남을지가 문제지만 말이다.

유릭과 전사들은 추위와 싸웠다. 협곡 아래의 냉풍은 살을 찢을 것처럼 사나웠다. 무모와 용감을 구분 못 하는 전사들조차 옷깃을 꽁꽁 여밀 정도였다. 서부의 전사들은 추위에 약했다.

"유, 유릭. 우, 우리도 산맥 아래로 내려가자고."

볼드가 벌벌 떨며 말했다. 오늘 밤은 유독 날이 추웠다. 우기까지 겹쳐서 비 대신에 우박이 툭툭 떨어졌다.

"내려가고 싶으면 혼자 내려가, 볼드."

유릭이 담담하게 감시탑 위에서 어둠을 응시했다. 그의 입가에서 김이 새어 나왔다.

"젠장, 널 두고 어떻게 나만 내려가겠어?"

"그럼 여기에 있든가."

"돌아버리겠군. 그냥 여길 포기하고 산맥 아래에서 진을 치자고."

볼드가 투덜거렸다. 산맥 아래에서는 비를 맞으며 알몸으로 뛰어다니고 있을 터다.

"아직 사미칸에게 연락은 없어?"

"가다가 추방자라도 만나서 객사했을 수도 있지. 한 번 더 보내볼까?"

"그래."

유릭이 고개를 끄덕였다. 사미칸의 지원이 절실히 필요했다. 하지만 부족사회의 연락망은 터무니없이 느리고 부정확했다.

'제국군이 세력을 모아 밀기 전에 방어선을 더 굳혀야 돼.'

바위도끼 부족의 여력으로는 삼백 정도를 주둔시키는 게 전부다. 보급도 힘들뿐더러, 그 이상 전사를 투입하면 바위도끼 부족의 일손이 부족해진다. 우기에 부지런히 일을 해둬야 다음 건기를 대비할 수 있다.

"붉은모래와 푸른안개 출신 전사들은 얼마 버티지 못하고 하산할 것 같아. 그 녀석들은 이 전투가 자신들의 것이 아니라고 생각해. 자신들의 부족장도 없이 이렇게 싸우고 있는 게 마음에 들지 않는 거지."

"바보 같은 소리. 여길 지키는 건 바위도끼 부족만의 문제가 아니야. 우리 모두의 문제지."

하늘산맥은 부족전사의 발도 묶었지만, 제국군에게는 치명적인 제약이다. 그나마 이렇게라도 대등하게 대치할 수 있는 건 산맥이라는 이점 때문이다.

'제국군의 대부분은 북부와 수도에 집중된 상태다. 아무리 빨리 진군해도 사미칸과 벨루아보다 빠를 리가 없어.'

유릭은 제국군의 배치를 대강이나마 안다. 북부와 수도에 집중된 제국군이 서부까지 오려면 한참이 걸린다. 그것까지 계산했기에 아직 여유가 있었다.

"연맹의 전사들을 전부 모으지 못해도, 사미칸과 벨루아만 합류한다면 어떻게든 해볼 만해."

유릭이 중얼거렸다. 그는 북부인이 해내지 못한 일을 해낼 생각이었다.

'우린 제국군이 오기 전에 하나가 되었다. 북부와 똑같은 꼴을 당하지는 않을 거야.'

유릭은 생각에 잠겨 눈을 감았다. 추위 속에서 잠드는 건 이제 익숙했다. 곤히 자던 그는 소란을 듣고 눈을 번쩍 떴다.

"또 놈들이 왔다!"

전사들이 종을 치며 외쳤다.

"무의미한 교전이로군."

화살이나 몇 번 교환하다가 끝날 터다. 유릭은 아직 전면전을 할 여력이 제국군에게 없으리라 생각했다. 제국군은 용맹하지만 승산이 애매하면 움직이지 않는 합리적인 조직이다.

"어? 어?"

감시탑의 전사들이 당황했다. 횃불로 어둠이 밝아졌다. 건너편에서 보이는 적들의 숫자는 소수가 아니었다.

"끄어어어어어!"

괴성을 지르는 무리가 한가득이었다. 횃불을 든 징집병과 노예들이 부족전사들이 주둔하는 야영지를 노려봤다.

"가라! 뒤를 돌아볼 필요는 없다! 너희들에게 남은 건 전진뿐이다!"

제국군이 창으로 노예들의 등을 밀며 외쳤다. 그들은 징집병과 노예병을 꾸역꾸역 밀어 넣었다.

'능선을 넘는 데 수백이 죽었다.'

랭스터 공작이 남은 징집병과 노예병을 보며 인상을 찌푸렸다. 속국들이 어찌나 허약한 놈들을 보내왔는지 능선을 넘다가 픽픽 쓰러지기 일쑤였다. 살아남은 병사들조차 비실비실해서 산들바람만 맞아도 넘어질 것 같았다.

"유릭! 병력이 많아! 수백이 넘어!"

볼드가 외쳤다. 당황한 건 유릭도 마찬가지였다.

'어떻게 이렇게 빨리 병력을 충원한 거지?'

불규칙한 바위와 수풀 사이로 적들이 얼굴을 내밀었다. 유릭이 눈을 가늘게 뜨며 적들의 무장상태를 살폈다. 자세히 보니 제국군이 아니라 비실비실한 징집병들이었다. 그들의 눈동자에는 전의 대신에 공포가 맴돌았다.

"침착해라! 겁먹지 마! 저들은 전사가 아니야."

유릭이 소리쳤다. 단순히 숫자만 많은 병력이었다.

"하지만 숫자가 장난이 아니야. 가늠이 되지 않아. 아직도 저 뒤에 우글우글하다고."

"입 다물고 활이나 들어."

유릭이 활을 들어 조준했다. 전사들은 덤벼드는 적들을 향해 닥치는 대로 화살을 쐈다.

노예병과 징집병들은 공포에 질려 덤벼들 뿐이다. 어차피 뒤로 물러났다간 제국군의 손에 죽는다. 노예들은 한 줌의 빛을 향해 달려갔다.

"우우우우우!"

노예들이 힘을 합쳐 통나무를 들고 야영지의 울타리를 후려쳤다.

"망할 놈들! 기분이 더럽잖아!"

전사들은 노예와 징집병을 죽이면서 욕설을 내뱉었다. 그들도 상황이 어떻게 된 건지 대충이나마 알았다.

노예들이 울부짖으며 조잡한 창을 들었다. 어떤 이들은 맨손으로 꾸역꾸역 덤벼들었다.

"죽여도 죽여도 끝이 없어! 시체를 쌓아서 울타리를 넘고 있잖아!"

볼드가 창을 들어서 울타리를 넘으려던 징집병을 찔렀다. 농기구를 든 징집병이 비명을 지르며 울타리 아래로 쓰러졌다.

"뒤를 돌아보지 마라! 부귀영화와 자유가 너흴 기다린다!"

제국군의 장교가 외쳤다.

"망자나 다름없는 비렁뱅이들이다! 전부 죽여 버려! 오늘 산맥의 짐승들이 포식하겠군!"

유릭이 전사들을 독려하며 칼을 휘둘렀다. 울타리를 오르려던 병사들이 쓸려 나가듯 죽어갔다. 사람의 목숨이 이렇게 덧없게 느껴진 건 오랜만이었다.

'이들은 전사가 아니야.'

제국군은 유릭과 목숨을 맞댈 자격이 있는 전사들이다. 하지만 징집병과 노예들은 전사가 아니다. 그 어떤 환희도 없는 학살이었다.

피-슛!

부족전사가 인해전술로 밀려오는 병력을 상대하는 동안, 제국군은 저격수를 배치해 부족전사들을 하나씩 쓰러뜨렸다.

'징집병들이라면 얼마가 몰려오든 상대해 낼 자신이 있지만, 저들 뒤에는 제국군이 있다.'

유릭이 포효하듯 칼을 휘둘렀다.

'비열하기 짝이 없는 방법.'

노예와 징집병을 앞세우고 제국군은 안전하게 싸웠다. 하지만 전쟁에서 비열하다는 건 우수하다는 것과 똑같은 의미다. 제국군은 우수한 군대이기에 비열했다.

"유릭!"

볼드가 유릭을 불렀다.

찌릿.

유릭은 머리카락이 곤두서는 느낌을 받았다. 그가 울타리 밑으로 뛰어내리며 땅바닥을 굴렀다. 그가 있던 자리로 쇠뇌 화살이 여럿 지나갔다.

'날 노린 집중사격.'

유릭을 노린 화살이었다.

"놈들이 널 노리고 있어. 네가 여기서 죽으면 끝장이다. 몸을 사려."

볼드가 유릭의 옆으로 뛰어내리며 말했다.

"적들이 울타리 안쪽으로 들어오고 있다. 전부 뒤로 빠져. 안쪽에서 진을 짜고 싸워야 돼."

유릭이 남은 전사들을 불러모았다. 울타리 위에서 싸워봐야 저격수들의 표적이 될 뿐이었다. 차라리 울타리 안쪽에서 징집병들과 싸우는 게 나았다.

랭스터 공작은 부족전사들이 울타리 안쪽에서 뭉치는 걸

보곤 감탄했다.

"호오, 우리 저격수를 피해 울타리 안쪽으로 전부 들어갔군. 탁월한 판단이다. 대단한 야만인 지휘관이야."

"야만인답지 않은 판단력입니다. 전투의 열기에 휩쓸리지 않고 냉정하게 행동하는군요."

"어떤 놈인지 얼굴이라도 보고 싶을 정도야."

"놈들이 울타리 방어를 포기했으니, 우리 병사들도 안쪽으로 보낼까요?"

기사가 어깨를 들썩이며 말했다. 노예와 징집병에서 전열을 맡기고 뒤에 있자니 몸이 쑤셨다.

"아니, 아직 힘을 좀 더 빼야 돼. 이미 우린 노예병을 희생양으로 썼어. 이렇게 된 이상 효율적으로 상황을 이용하자고."

랭스터 공작은 차분히 승기를 노렸다. 그는 야만인들에게 역전의 빌미를 주지 않았다.

물량공세에 밀린 야만인들은 궁지에 몰려 있었다. 랭스터 공작은 마지막 쐐기를 어떻게 박을까 고심했다.

'너무 많아. 전사들도 지쳐가고 있어.'

유릭이 전사들을 둘러봤다. 전사 쪽의 사상자는 많이 없었으나, 다들 지친 기색이 역력했다. 그런데도 징집병과 노예들의 물량은 끊이지 않았다.

'여길 포기해야 되나?'

유릭이 인상을 찌푸렸다.

'무리를 해서라도 여길 지키고 싶다. 여긴 산맥의 몇 안 되는 요충지야.'

여기서부터 후퇴한다면 산맥 밑자락까지 밀리는 거나 마찬 가지다. 야일루드 건설을 막을 방법은 없다. 한번 야영지를 뺏 긴 제국군은 더 이상 방심하지 않을 터다. 단단히 방비한 제국 군의 요새를 뺏는 건 어려운 일이다.

'나는 부족장이다. 다른 전사의 목숨을 책임지고 있어.'

유릭은 결단을 내려야 했다. 그는 더 이상 일개전사가 아니 다.

바위도끼의 부족장, 하늘의 허락을 받은 자, 대지의 아들. 명성과 직책이 높아질수록 유릭이 짊어질 책임만 늘어갔다. 그는 자유롭지 않았다.

"······완전히 둘러싸이기 전에 퇴각해."

유릭은 쓰디쓴 결정을 내렸다. 유릭의 명령이 떨어지자마자 전사들이 도주로를 확보했다. 밀려드는 병사들을 걷어내며 유 릭을 중심으로 뭉쳤다.

'우리가, 아니, 내가 졌다.'

유릭이 공허한 눈으로 멀어지는 야영지를 바라봤다.

"나는 전사들의 기대와 믿음을 저버렸어."

유릭의 얼굴이 일그러졌다. 그는 후퇴하면서도 몇 번이나 뒤를 바라봤다. 보이는 거라곤 광기에 찬 얼굴로 부족전사를 쫓는 병사들이었다.

어느 순간부터 추격이 없었다. 제국군의 목적은 요충지 탈환과 야일루드 공사의 재개다. 무리해서 부족전사들을 쫓아오진 않았다.

'뭐가 대지의 아들이냐.'

전사들을 잃었고, 요충지도 지키지 못했다. 야영지에 있던 삼백의 전사는 이백여 명으로 줄었다. 유릭은 추위를 견뎌가며 야영지를 지켰던 전사들에게 얼굴을 들지 못했다.

"고개를 들어, 유릭."

볼드가 속삭였다.

"내가 무슨 자격으로 고개를 들겠어."

"그럴수록 뻔뻔하게 당당해져라. 지즐은 그랬어. 지즐의 반만큼이라도 뻔뻔해져, 유릭."

볼드가 죽은 지즐까지 들먹였다. 유릭이 입술을 비틀며 웃었다.

"내가 판단을 잘못했어. 놈들의 지원 병력이 아직 오지 않았을 거라고 멋대로 생각했지."

"지즐은 부족을 말아먹고도 부족장 자리를 해 먹었어! 우린 널 탓하지 않아. 넌 우리의 영웅이다. 당당하게 행동해."

유릭은 전사로서는 완벽한 존재였다. 순수한 전사 그 자체였다.

'그게 문제야. 유릭은 지즐이나 사미칸처럼 더러운 구석이 없어.'

볼드는 자신의 순수한 형제가 좋았다. 하지만 그것만으로는 부족장 역할을 해내지 못한다. 부족장이라면 자신의 지위와 권력을 위해 더럽고 치졸한 짓도 할 줄 알아야 된다. 때론 전사의 긍지조차도 버려야 부족장의 소임을 다할 수 있는 법이다.

유릭과 전사들은 산맥의 아래로 내려갔다. 부상을 입은 전사들이 절뚝거렸다.

"발 빠른 녀석 몇 명만 뽑아서 놈들의 동태를 살펴. 나머진 부족까지 철수해."

산맥 아래로 내려간 유릭이 말했다. 지친 전사들은 부족으로 돌아간다는 소식에 일단 기뻐했다.

유릭은 산맥의 경계선을 포기했다. 애초에 바위도끼 부족의 힘만으로는 불가능한 일이었다. 바위도끼만으로 제국을 저지할 수 있었다면, 유릭이 힘겹게 연맹의 덩치를 키우지도 않았을 것이다.

'내가 뭐 때문에 연맹을 만들어 너를 대족장 자리에 올렸는데……'

사미칸에게서 아무런 소식도 오지 않았다. 유릭은 몇 번이나 사람을 보냈었고, 그들이 전부 사미칸을 만나지 못했을 리가 없었다.

"사미칸, 정말로 내 연락을 받지 못한 거냐."

유릭이 이를 바득 갈았다. 사미칸은 제때 병력을 보내지 않았다. 붉은모래 부족보다 푸른안개 부족이 훨씬 거리가 가까웠으며, 사미칸의 병력이 더 많고 우수했다. 유릭에게 필요한 건 벨루아가 아니라 사미칸이었다.

유릭과 전사들은 바위도끼 부족으로 돌아가서 상처를 치료하고 휴식을 취했다. 전사들의 패주에 분위기는 무거웠다.

유릭이 하늘산맥에서 내려온 지 일주일이 지났다. 마을 지평선에서 한 무리의 전사들이 걸어왔다. 그들은 사미칸과 푸른안개 전사들이었다.

"내가 늦었군, 형제."

사미칸이 마을에 들어서며 말했다. 유릭은 고개를 삐딱하게 기울였다.

"그래, 늦었어."

"이제 내가 왔으니 모든 게 괜찮아질 거다. 나 사미칸이 왔다."

사미칸이 팔을 벌리며 유릭을 껴안았다.

우연이라기에는 절묘했다. 유릭이 패주하자마자 얼마 지나지 않아서 사미칸이 적당한 시기에 병력을 이끌고 왔다.

다른 전사들이 보기에 사미칸이 패배한 유릭을 위로하는

모양새였다. 사미칸은 눈을 감았다 뜨며 유릭의 귓가에 속삭였다.

"전설이 되는 건 나다, 유릭."

유릭은 사미칸의 목을 꺾어버리고 싶은 충동을 참으며 웃었다.

"명예와 영광은 얼마든지 가져가도 좋아, 형제."

"말하지 않아도 그럴 거다."

사미칸도 엷게 웃었다.

"하지만 한 번만 더 개수작을 부리면 바위도끼의 이름 앞에서 맹세컨대…… 그 간사한 주둥이에서 죽여달라는 말이 나오게 만들어주지."

유릭이 으름장을 놓았다. 그의 누런 눈동자와 마주한 사미칸이 식은땀을 흘렸다.

'짐승과도 같은 형제.'

사미칸도 전사의 역량은 충분했다. 하지만 유릭 앞에만 서면 전사 사미칸이 작아지는 걸 느꼈다. 유릭 앞에서는 그 어떤 전사도 반딧불일 뿐이다.

"다소 오해가 있군. 바위도끼를 내버려 둔 게 아니야. 사정이 있었어. 나는 그간 황무지의 북쪽과 남쪽에 있는 부족들에게 충성맹세를 받았어. 우리 연맹의 명성이 널리 퍼져서 멀리서도 스스로 찾아오는 부족도 많았다. 나와 벨루아는 새로이 연맹에 합류한 부족들을 만나고 왔어. 그 때문에 합류가 늦었어."

"그럼 벨루아는 지금 어딨지?"

"연맹의 안주인으로 다른 부족의 전사를 모아서 합류할 거다. 다시 연맹의 군대가 모이는 거지."

"……연맹의 안주인?"

"이제 붉은모래와 푸른안개는 혼인으로 엮인 사이다. 나와 벨루아 사이에서 나온 아이는 두 거대 부족의 지지를 얻는 연맹의 후계자가 되겠지."

그 말을 들은 유릭이 허탈하게 웃었다. 그가 이마를 감싸며 웃어댔다.

"하, 하하하."

유릭의 몸은 새로 생긴 상처투성이였다. 아직도 허벅지의 붕대를 갈 때마다 핏물이 진득했다.

'내가 지지고 볶으며 싸우는 사이에 잘도 지랄들 하셨군.'

어이가 없어서 웃음이 나왔다. 유릭이 싸우는 동안 연맹의 권력구도는 변했다. 사미칸과 유릭이 주도하던 연맹은 이제 사미칸과 벨루아가 이끄는 거나 마찬가지였다.

'배신하지 말라고 내게 엄포하고, 사미칸을 조심하라고 말하던 네가……'

벨루아의 얼굴이 머릿속을 맴돌았다. 유릭은 전투에서만 패한 게 아니었다. 연맹의 정치에서도 패했다. 노련한 부족장들 사이에서 유릭은 놀아난 기분이었다.

"걱정 마라, 유릭. 이 땅과 형제들은 내가 지켜낼 테니까."

사미칸이 유릭의 어깨를 툭툭 치며 지나갔다. 그를 따라 전사들이 우르르 움직였다.

당장 사미칸을 따라온 전사만 천 명이 넘었다. 그 숫자는 점점 늘어날 터다. 이 정도면 산맥의 야영지를 다시 탈환하기에 충분했다.

뺏고 뺏기는 싸움이 또다시 시작된다.

Chapter 7

　부족전사들은 산맥 아래에 요새를 지었다. 제국군의 기반을 닦은 야영지에 비하면 터무니없이 조잡했지만 없는 것보다야 훨씬 나았다.

　산맥 아래에 부족전사들이 집결했다. 멀리서 온 전사들도 많았다. 주둔하는 전사의 숫자는 어느새 삼천에 달했다.

　"노아 아르텐."

　유릭은 노아를 찾아갔다. 노아는 천막 안에서 군사지도를 그리고 있었다.

　"마침 잘 왔네. 한번 산맥의 지형을 확인해 줘. 바위도끼의 유릭만큼 산맥의 지리를 정확히 아는 사람은 없지!"

　유릭은 탁자에 놓인 가죽지도를 바라봤다. 여러 전사의 중

언으로 그린 지도였다.

높은 산맥이 일자로 길게 뻗어 있었고, 바위도끼 부족과 멀지 않은 곳에 험난한 협곡이 하나 있었다. 협곡의 절벽을 탄 개척로 야일루드는 2/3 정도 완공된 상태였고, 협곡 위에서 서쪽으로 꺾이는 능선 중앙에는 모두가 탐내는 야영지가 있었다.

'제국군은 산맥 정복을 거의 끝냈다. 내려가는 일만 남았지.'

제국군이 마음만 먹으면 경보병을 이끌고 내려오는 게 가능했다. 하지만 그들은 전투의 영광이 아니라, 완전한 승리를 추구하는 집단이다. 중보병과 기마병 없이는 섣불리 산맥을 내려오지 않을 것이다.

'중보병과 기마병을 끌고 산맥을 넘으려면 야일루드 완공이 그 조건이지.'

야일루드가 예정대로 능선 아래에 있는 평지에 가까운 지형까지 연결되면 제국군이 물밀듯 몰려올 것이다.

'하지만 여기에는 우리가 주둔하면서 버티고 있어.'

제국군은 어떻게든 야일루드를 완공할 자리를 차지하려고 달려들 터다. 야일루드를 확장하려는 자와 막으려는 자들끼리 땅따먹기를 하는 셈이다.

'노아는 믿을 만하다. 문명인 출신이지만, 이런 지도를 우리를 위해 그렸어.'

하나 노아 아르텐이 서부인을 배신할 수도 있다는 가능성은 언제나 염두에 둬야 한다. 사람의 마음은 아무도 모르는 법이다.

'벨루아가 내 뒤통수를 갈긴 것처럼 말이지. 그렇게 사미칸을 견제하고 싫어하던 벨루아가 자신의 자리 보존을 위해 사미칸과 혼인을 할 줄이야……'

지금 생각해도 허탈한 웃음이 나왔다. 벨루아가 그럴 줄은 생각도 못 했다.

'벨루아는 현실적인 부족장으로서의 판단을 한 거겠지.'

혼인은 막 탄생한 연맹에서 붉은모래 부족의 지위를 공고히 할 수단이었을 것이다. 이런 상황에서 여자라는 이유로 벨루아가 부족장 자리에서 쫓겨나서 새로운 붉은모래 부족장이 나타나 봤자, 붉은모래 부족의 지위가 더 추락할 뿐이다.

유릭은 곰곰이 벨루아의 판단을 되짚으며 생각했다. 부족장은 때론 자신의 신념과 본성에 어긋나는 판단을 해야 한다. 그게 부족장의 책임이자 역할이다.

'지즐도 그러했어. 그 누구보다 나를 미워했으나, 결국 내게 부족장의 권력을 온전히 인계했다.'

유릭은 언제나 선대 부족장이었던 지즐을 생각했다. 지즐과는 좋은 사이가 아니었으나, 지즐의 마음가짐은 배울 필요가 있었다.

유릭은 노아의 가죽지도를 확인하며 몇몇 부분을 수정했다.

"제국군은 강대하지만, 다행인 점은 적이 올 방향이 뻔하다는 거지. 산맥이 천연요새 역할을 해서 우리가 감시하고 방어해야 할 곳이 현저히 줄었어."

노아가 제국군의 예상 경로를 가리켰다.

"그렇게 제국군이 강대하다는 걸 알면서, 왜 사미칸에게 경고하지 않았지?"

"사미칸이라고 늦고 싶어서 늦은 게 아니야."

노아가 사미칸을 옹호했다. 유릭이 이맛살을 찌푸렸다.

"웃기지 마. 나는 분명 헤어지기 전에 말했어. 언제든 전사들을 보낼 수 있는 상태로 대기하라고. 내 말을 무시하고 멋대로 행동한 건 사미칸이다."

유릭의 으름장에 노아가 한숨을 쉬었다. 그가 절뚝거리며 술을 꺼내왔다.

"일단 한잔 마시지."

유릭은 술주머니 주둥이에 입을 댔다. 그가 단번에 주머니를 반쯤 비웠다.

"끄윽, 산맥 안에서는 우리도 힘들지만, 제국군도 마찬가지야. 특히나 평지에 가까운 지형일수록 진형 전투에 숙련된 제국군이 훨씬 유리하다고. 너도 잘 알 것 아니야? 안 그래?"

유릭은 제국군의 특성을 파악하고 있었다. 노아가 눈을 크게 뜨며 고개를 끄덕였다.

"그렇긴 해."

"여기서 방어를 준비할 게 아니라, 전사를 이끌고 공격을 감행해야 돼. 야일루드가 완공되는 걸 막아야 한다고."

"너도, 나도 사미칸을 우습게 본 거지. 그저 여러 부족을 지배하는 걸로 만족할 거라 생각했던 거야…… 하하."

노아가 가볍게 웃었다. 유릭은 더욱 인상을 찌푸렸다.

"그게 무슨…… 설마, 이 미친."

유릭이 눈을 크게 떴다.

"그 설마가 설마다. 사미칸은 야일루드의 완공을 기다리는 거다. 나도 미친 소리라고 몇 번이나 말했지. 제국을 우습게 본다고 말이야. 나도 사미칸에게 제국군이 어떤 존재인지 수없이 반복해서 말했다. 비록 나는 문명인이지만 사미칸이 비참한 최후를 맞이하길 바라지 않아."

"사미칸은 방어가 아니라 야일루드를 타고 산맥을 넘을 생각이로군. 그걸 알고도 사미칸을 돕고 있었단 말이냐? 산맥 너머는 네 고향이다! 노아 아르텐."

"어차피 사미칸은 제국의 수도까지 건드리지도 못해. 그저 산맥 주변의 왕국을 약탈하는 정도로 끝나겠지. 거긴 내 고향이 아니야."

노아가 침착하게 대답했다. 유릭은 그의 말에서 이질감을 느꼈다.

"……처음에는 반대했지만, 너도 사미칸의 계획에 가능성이 있다고 생각하는군."

"처음 공격만 막아낸다면 말이지. 서부는 북부와 상황이 달라. 제국군의 침략을 받기 전에 통합을 끝냈다. 뒤늦게 통합에 성공한 북부조차 제국을 크게 위협했어. 물론 제국군은 강하지만 많은 전선을 담당하고 있지. 약탈당하는 속국들에까지 제국군을 보낼 즈음엔 이미 약탈을 끝낸 연맹은 이동 중일 거다. 지난 원정으로 증명했지만, 평생을 걸고 뛴 서부의 전사들은 통상 제국군의 두 배가 넘는 거리를 행군해. 절대 따라오지 못하지."

노아가 가죽지도에 그려지지 않은 산맥 동쪽을 가리켰다.

유릭이 턱을 매만지며 지도를 응시했다. 듣다 보니 솔깃했다. 가능성이 없진 않았다.

'사미칸의 야망이 남들보다 대단한 건 인정할 수밖에 없군. 시야도 남달라. 산맥을 넘어 친다는 생각을 하다니……'

유릭은 방어에만 급급했다. 어떻게든 막아내야 한다는 생각만 했을 뿐이다.

"제국군이 야일루드를 파괴하면?"

"기껏해야 야일루드 초반부만 파괴할 뿐이지. 연맹의 군대는 약탈을 통해 보급하며, 기병도 없어. 산양전사는 사람보다 산악지형을 잘 타지. 많은 탐험대가 좌절한 고지대만 야일루드가 가로질러 주면 나머진 비교적 완만한 능선을 타고 도보로 이동할 수 있어. 우리가 확보해야 하는 야일루드의 거리는 7할 정도면 충분해. 초반부 3할은 제국군이 파괴해도 부족전사라면 통과가 가능하다."

노아의 입에서 계획이 줄줄 나왔다.

'오래 준비했군. 원정이 끝났을 때부터 사미칸은 방어가 아닌 야일루드를 통해 역으로 산맥을 넘을 생각을 하고 있었던 거다.'

유릭은 사미칸이 가진 지도자로서의 역량과 기량을 절실히 느꼈다. 보고 있는 시야가 유릭과 전혀 달랐다.

"행여나 산맥을 넘은 뒤에 제국군에게 당하면…… 북부 꼴이 나는 건 금방이다. 젊은 사내들은 전부 죽거나 노예가 될 테니까."

"뭐든 위험 없이 얻지 못하지."

"사미칸은 서부의 운명을 내걸고 자신의 야욕을 위해 도박을 할 셈인가?"

"사내의 인생은 한 번뿐이니까."

노아가 어깨를 으쓱했다. 유릭은 기시감이 들었다.

'황제 얀키누스.'

업적을 위한 집착과 담대한 행동들.

'사미칸은 얀키누스와 닮아 있어.'

얀키누스에게서 느꼈던 끈적끈적한 집착이 사미칸에게서도 느껴졌다.

'파멸과 영광 사이에서 아슬아슬하게 줄타기를 하는 사내들.'

그것도 자신만의 파멸이 아니었다. 자신의 행동과 실패가 수많은 사람의 고통과 죽음으로 이어질 텐데도, 그들은 양심의 가책 없이 자신의 야망을 위해서만 행동했다.

'그게 정복자의 자질인가.'

유릭이 갖추지 못한 면모였다. 유릭은 정복자가 아닌 탐험가에 가까운 전사다.

쿵, 쿵.

심장이 뛰었다. 만약 유릭이 사미칸 밑에 있는 전사였다면 저 포부에 감명을 받아 충성을 맹세했을지도 모른다.

'문명세계를 우리 손으로 약탈한다.'

이율배반적인 쾌락이다.

유릭은 문명세계를 동경하고 사랑했다. 하지만 마음 한구석에서는 야만의 광기가 있었다. 모든 걸 파괴하고 약탈해 손에 넣고자 하는 야만인의 본성.

항상 유릭은 불타는 대지를 꿈꿨다. 불타는 대지는 서부의 땅만을 상징하는 게 아니었을 터다.

"나는 사미칸 덕분에 목숨을 건졌다. 이것도 루의 뜻이겠지. 그리고 위대한 탐험가인 유릭을 만난 것도 말이야."

노아가 웃었다.

"……나는 위대한 탐험가가 아니야."

가끔 유릭은 가책을 느꼈다. 노아와 친하게 지낼수록 그 감정이 더욱 커졌다.

유릭은 아르텐 가문을 파괴하다시피 했다. 산맥을 넘는 데 성공한 아르텐 가문의 사내들은 영광을 누려야 했으나, 하나같이 유릭의 손에 불운한 최후를 맞이했다.

"위대한 탐험가에 대한 존중으로 하나 조언해 주지. 사미칸의 권위를 넘으려고 하지 마라. 사미칸은 자신이 독보적인 존재가 되길 원해. 그것만 조심하면 돼. 사미칸은 너를 중요한 사람으로 여기고 있으며, 개인적으로도 좋아할 거다. 그게 아니었다면 진작 넌 죽었겠지."

유릭은 대지의 아들이었고, 연맹에서 사미칸에 버금가는 위치였다. 특히 전투에 있어서는 사미칸 이상의 지지를 얻었다.

'전투에서는 자신 이상의 지지를 얻던 내가 전투에서 실패하길 기다렸군. 사미칸은 날 견제했어.'

유릭도 정치적 감각이 부족하진 않았으나, 사미칸은 그 이상의 정치적 수완을 가진 자다.

놀랍게도 끓어오르던 감정이 식었다. 감정적으로 움직여선 아무것도 얻어내지 못한다. 인내하는 자만이 기회를 얻을 터다.

"후우, 그럼 문제는 단 하나로군. 어떻게 밀려오는 제국군을 막아낼 것인가 하는 거지. 내 뒤통수를 치고도 제국군을 막지 못하면 사미칸은 서부를 말아먹은 폭군으로 남을 거다."

노아가 웃었다. 대답하진 않아도 그도 동의했다.

유릭이 고개를 비스듬히 기울이며 지도를 바라봤다.

제국의 야영지에서는 시체 타는 연기가 사흘 밤낮으로 끊이지 않았다. 승리에 큰 공헌을 한 노예병과 징집병들은 그만큼 죽어나갔다.

노예와 징집병은 상처가 덧나도 제대로 치료를 받지 못했다. 방한용품은 10명 중 1명에게 돌아갈까 말까 했다.

"우, 우리가 승, 승리의 주역이라고."

노예병이 이를 달달 떨며 말했다. 수많은 노예병의 희생 끝에 승리했는데도 그들에게 보상은 없었다. 그제야 그들은 현실을 깨달았다.

"우리에게 자유는 없어. 죽을 때까지 도구로 이용될 뿐이지. 놈들이 약속한 자유는 죽음이다."

징집병과 달리 노예들은 돌아갈 곳조차 없었다.

원래도 영양상태가 좋지 않았던 노예들은 야영지 내부에서도 금방 쇠약해져 죽어나갔다. 제국군의 보급은 징집병을 거쳐서 가장 마지막에 노예들에게 배분됐다.

"뒤에서 손가락만 까딱하던 놈들이 제일 좋은 것만 골라 먹는군."

노예들이 희멀건 죽을 바라봤다. 그마저도 따뜻한 음식이라고 게걸스레 탐했다.

"우리가 어쩌겠어? 덤벼봐야 죽을 걸. 큭큭."

더군다나 노예들의 출신지는 제국이 아니라 왕국이었다. 강제로 전장에 끌려 나온 속국의 노예들은 빠르게 지쳐갔다. 사기가 바닥을 쳤다.

"아가리 다물어. 떠들다가 걸리면 나무 베러 나가야 되니까."

승리의 주역이었던 노예들은 최우선적으로 노역에 동원됐다. 야영지를 보수하느라 힘든 일을 하는 건 빼빼 마른 노예들이었다. 그나마 눈치가 빠른 노예들은 얌전히 숨어서 노역을 피했다.

"너무 뻔해. 징집병은 몰라도, 이대로 있다간 노예병은 한 명도 살아서 돌아가지 못할 거다."

"불길한 소리 작작 해."

"불길한 소리가 아니라, 현실을 똑바로 봐야 해결도 가능한 거다. 부정만 해선 안 돼."

"하, 너는 그렇게 잘나서 노예가 되어 여기까지 온 거냐? 엉?"

노예끼리 시비가 붙었다. 그중 하나는 노예치고는 점잖은 생김새의 청년이었다. 오히려 말투에서도 귀족적인 분위기가 풍겼다.

"그래, 나는 지금 노예지. 그건 변함이 없는 사실이다. 하지만 죽는 날까지 노예로 살 생각은 없어."

청년이 말했다. 비쩍 마른 몸이었지만 눈동자에는 총기가 있었다. 그 기세에 대들던 노예가 움찔했다. 말투가 굉장히 고급스러웠다. 얼굴은 지저분했으나 이목구비가 또렷해 귀족가의 자제 같은 느낌이 들었다.

가끔 노예 중에서도 몰락귀족의 후손이나 알려져선 안 되기에 버림받은 서자가 있었다.

"뭐, 뭐야. 너, 너. 누, 누구야?"

"나? 서기관의 노예, 게오르크 아르투어다."

"서, 성이 있어? 귀, 귀족 출신…… 입니까?"

노예들이 웅성거렸다. 서기관의 노예라는 단어만으로도 뭔가 있어 보였다. 출신이 귀족이라는 것만으로 절로 존대가 나왔다.

"아니, 아르투어는 그냥 내가 붙인 성이야. 멋있지?"

게오르크가 맑게 웃었다. 그제야 노예들이 고개를 절레절레 흔들었다.

"미친놈 같으니……. 그런데 글을 아는 노예 같은데, 왜 전장에 있는 거야?"

"주인의 부인과 동침했거든. 반드시 날 비참하게 죽여달라고 여기까지 보낸 거지. 누가 서기관 아니랄까 봐 자기 손에 피를 묻힐 용기도 없었던 거지. 그러니까 노예한테 부인이 따먹히는 것도 몰랐던 거 아니겠어? 무려 3년 동안 그 짓을 했다고."

그 말에 노예들이 웃었다. 게오르크의 이야기는 짜릿했다.

어느새 노예들이 게오르크의 이야기에 집중했다. 서기관을 돕던 노예답게 게오르크는 말재주가 좋았고 아는 게 많았다.

사미칸은 새벽에 홀로 나가 산맥을 올려다봤다. 그의 눈동자가 드높은 산맥을 좇았다.

'놈들이 우리의 땅을 정복하러 오고 있다.'

노아에게 이야기는 들었다. 사미칸도 제국의 역사를 안다. 3대에 걸친 황제들의 업적, 듣기만 해도 가슴이 벅차오르며, 정복자들의 모습이 절로 떠올랐다.

'이웃나라와 민족을 정복하며, 마침내 다른 세계마저 손에 넣으려는 자들.'

세 번째 황제는 자신들만의 세계로 만족하지 못했다. 황제 얀키누스는 산맥 너머의 세계를 노렸다.

사미칸은 황제의 욕심을 이해했다. 더 넓은 세계를 향한 갈

증은 자신의 세계를 정복하는 것만으로 충족되지 않았다.

사미칸은 자신의 손을 크게 뻗어서 산맥을 가려보았다. 그는 손가락 사이로 산맥을 바라보며 웃었다.

저벅.

사미칸의 뒤에서 기척이 났다.

"유릭, 아침잠이 없나 보군."

유릭이 사미칸의 뒤에서 다가왔다. 사미칸은 본능적으로 무기를 잡을 뻔했지만, 천연덕스레 유릭을 바라보며 웃었다.

"뒤통수가 얼얼해서 잠을 잘 수가 있어야지."

유릭은 마음만 먹으면 사미칸의 목을 졸라 죽일 수도 있었다.

서부를 통틀어 유릭보다 뛰어난 전사는 없었다. 대지의 아들이라 불리는 게 단순한 띄워주기가 아니다. 초자연적인 축복이 없었더라면 어떻게 저토록 대단한 전사가 나올 수 있을까?

'유릭은 결코 비열한 수단으로 나를 죽이지 않을 거다.'

사미칸은 유릭을 믿고 있었다. 유릭은 올곧은 전사였고, 명예가 흠집 날 만한 짓은 하지 않는다. 그런 유릭이기에 다른 전사들의 존경을 한 몸에 받았다.

"날이 밝으면 나와 정찰을 가지 않겠나?"

사미칸이 먼저 제안했다. 제국군의 동태를 살필 필요가 있었다.

"나하고? 진심이냐?"

유릭이 빈정거렸다.

"형제와 함께 행동하는 게 이상한가?"

"주둔지 바깥에서도 내 도끼가 그 목을 그냥 둘 거라고 생각해?"

"힘겹게 쌓아 올린 연맹을 부수고 싶다면야……."

사미칸이 슬그머니 웃었다. 유릭도 허탈하게 같이 웃었다.

부족연맹의 구심점은 사미칸이다. 사미칸은 여러 정치적 거래와 협박으로 서로 이해관계가 다른 부족들을 엮어갔다. 빠르게 통합을 이룬 그는 대단한 부족장이었다.

'사미칸처럼 해낼 자신은 없다.'

유릭은 부족장이 되고 나서 자신의 한계를 느꼈다.

전사 유릭은 무한한 존재였다. 마음만 먹으면 뭐든 해냈다. 하지만 부족장 유릭은 온갖 벽과 장애에 부딪히며 좌절하는 존재였다.

유릭은 기껏해야 하늘산맥 아래의 부족 정도만 통합할 능력이 있었다. 사미칸처럼 머나먼 부족들까지 휘하에 엮어갈 자신이 없었다.

'날 물 먹인 걸 보면, 자신을 따르지 않는 부족장들에겐 이보다 더한 짓도 했겠지.'

유릭은 배신감에 몸서리쳤다. 믿었던 사미칸이 유릭의 권위를 실추시키려고 교활한 짓을 했었다.

"내가 네 권위에 도전할 거라 생각했나? 날 믿지 못한 거냐? 사미칸!"

유릭의 목소리가 높아졌다. 그는 산맥에서 죽어나간 전사들을 기억했다. 그들은 순수하게 자신들의 땅을 지키려고 죽어갔다.

"널 믿지 못한 게 아니다. 나는 너보다 오랫동안 권력이라는 짐승을 만졌지. 권력이란 살아 있는 짐승이다. 네가 대지의 아들이라는 칭호를 가지고 싶어서 가졌던가? 야욕 때문에 부족장이 되었던가? 그저 권력이란 힘의 흐름이다, 유릭. 믿음과 신뢰 따위로 통제되는 것이 아니지. 권력이 커지면 필연적으로 자신보다 작은 권력을 잡아먹게 돼. 동등한 권력이란 존재하지 않아. 정말로 대등하면, 둘 중 하나가 죽게 된다. 늑대 무리에 대장이 둘인 걸 본 적이 있더냐?"

사미칸이 고요히 말했다. 그의 눈동자는 늙은 주술사처럼 투명했다.

"헛소리 집어치워. 죽은 전사들이 그 말을 듣고 고개를 끄덕일 것 같아?"

유릭의 눈동자가 뜨겁게 달아올랐다. 산맥에서 쓰러져 간 전사들의 비명이 환청처럼 귓가에 맴돌았다.

"그런 성품 때문에 네가 전사들의 사랑을 받는 거겠지. 유릭, 너는 지금 그대로 있어라. 대족장으로 온갖 지저분한 것까지 먹어치우는 건 내가 할 테니까."

사미칸이 유릭을 직시했다. 유릭은 손을 부르르 떨다가 고개를 저었다.

"……벨루아는 어떻게 꾀어낸 거지? 너를 무척이나 싫어했을 텐데?"

"자신의 부족을 지키기 위해서는 자존심마저 굽히는 게 뛰어난 부족장이지. 여자 부족장이라는 위치는 연맹에서 위태로웠어. 이대로는 붉은모래 부족의 지위까지 같이 떨어질 지경이었지. 그래서 벨루아는 자신의 부족장 자리와 붉은모래의 지위를 같이 보존할 수 있는 유일한 방법을 택했을 뿐이다. 벨루아는 부족장의 책임과 의무를 알기에 그런 선택을 할 수밖에 없었을 거다."

사미칸은 일찍이 벨루아에게 되지도 않을 혼인 이야기를 꺼냈었다. 그리고 머지않아 혼인은 성사됐다. 사미칸의 눈동자는 남들보다 많은 걸 보고 있었다. 흐름을 읽는 통찰력이 있었다.

'누가 뭐래도 대족장은 대족장이로군.'

유릭은 사미칸의 혜안과 정치력에 감탄하는 자신이 부끄러웠다.

'하지만 사미칸은 제국군을 우습게 보고 있다.'

사미칸의 모든 판단은 부족연맹에 제국군을 물리쳤을 때 빛날 것이며, 실패하는 순간 사미칸은 최악의 지도자가 된다.

"노아의 말로는 지금까지 전례로 봤을 때, '제국군'은 '전시편제'로 '군단'을 꾸려 출진할 거라고 하더군."

사미칸의 말속에서는 제국의 단어도 섞여 있었다. 사미칸은 노아에게 제국어를 조금씩 배우고 있었다.

군단은 제국군의 전시편제 형태다. 현재 제국의 상비군단은 북부군단이 있으며, 그마저도 뮬린 토벌 이후에 치안의 안정을 되찾으며 해체되는 수순을 밟고 있었다.

군단편제는 국력에 영향을 미칠 정도로 유지비용이 많이 들었다. 정식편제 외에 제국의 상비군은 군단이라 칭하지 않았다. 야만인과의 전쟁이 가장 잦았고, 속국의 반란을 억누르던 2대 황제 시절에도 군단의 숫자는 고작 셋이었다.

"일개 군단이 약 오천 명이라고 하더군. 제국군이라 불리는 숙련된 중장보병 이천 명. 귀족들로부터 징발한 병력 이천 명……"

사미칸도 제국군에 대해 모르는 게 아니었다. 그는 제국군의 전술을 본떠서 서부를 평정했었다.

유릭은 산맥에서 방어해야 한다고 생각했었다. 그래서 전선이 산맥 아래까지 밀린 것에 대한 불만이 컸다.

"오천 명이라지만, 우리가 생각하는 그 오천이 아닐 거다. 평지에서 진을 갖추고 싸우면 우리가 불리해. 수적 우세를 살리려면 산지에서 싸워야 해."

"아니, 그 군단이 우리 땅으로 넘어오는 걸 허용할 거다. 온전하게 모든 병력이 산맥을 넘어오도록 말이야."

사미칸이 땅바닥에 지도를 그렸다. 산맥과 협곡, 야일루드 끝에서 이어지는 산맥의 밑자락 평지. 그리고 머지않은 바위도끼 부족의 마을.

유릭의 안색이 바뀌었다. 그는 도끼자루에 손을 가져가 대며 으름장을 놓았다.

"놈들이 산맥을 넘으면 가장 위험한 건 우리 바위도끼다! 네가 말했지, 부족장은 부족을 위해서라면 뭐든 한다고!"

"진정해. 그래서 바위도끼 부족은 이주한다. 전략적으로 마을의 위치가 좋지 않아. 푸른안개와 붉은모래 부족의 중간쯤에 정착해라. 지금 있는 땅보다는 척박하지만, 연맹은 바위도끼 부족민이 굶주리지 않도록 모든 지원을 다 할 거다. 형제 부족으로서 굶어도 같이 굶고, 먹어도 같이 먹겠다. 우리 호수에 대고 맹세하지!"

사미칸이 땅바닥에 바위도끼 부족이 정착할 위치를 가리켰다.

"개 같은……."

유릭이 뭐라 따지기도 전에 사미칸은 산맥을 올랐다가 협곡 중간 부분으로 내려가는 경로를 그렸다.

"제국의 군단이 온전히 협곡을 넘어오면, 네가 전사를 이끌고 산맥을 몰래 넘어서 적의 전초기지를 점령해라. 놈들은 협곡 입구만 지키면 된다고 생각할 거다. 아마 방어병력을 전초기지에 두고 오지 않겠지. 네가 그곳에서 야일루드를 망가뜨리고 보급을 끊어."

"아무리 중간에 내려가 야일루드를 타고 간다고 해도…… 협곡이 아닌 경로로 산맥을 넘으면 병력손실이 커. 넌 바위도끼 부족의 씨를 말릴 셈이냐?"

유릭은 자신의 부족전사를 이끌고 이런 무모한 등반을 할 생각이 없었다.

"산맥을 넘는 건 바위도끼 전사가 아니라, 푸른안개 전사들이 갈 거다. 난 네게 우리 전사들의 절반을 맡기겠어. 죽이든 살리든 마음대로 해라."

유릭의 눈동자가 커졌다. 푸른안개 전사의 숫자는 이천 명이 넘는다. 그 절반이라면 천 명이다. 산맥 봉우리를 넘지 않고 중간부터는 협곡으로 내려가 야일루드를 탄다고 해도 적지 않은 피해가 있을 것이다.

사미칸도 이번 작전에 위험과 희생을 감수했다. 자신만 발을 뒤로 빼지 않았다.

사미칸은 자신의 계획은 유릭에게 상세히 털어놓았다. 유릭의 결정에 따라 실패하고 성공하고가 갈리는 계획이었다. 전사를 이끌고 산맥을 넘을 만한 기량을 가진 사람은 유릭밖에 없었기 때문이다.

"보급이 끊기면 제국군은 이러지도 저러지도 못하고 산맥 밑에서 발이 묶이겠지. 아무리 강대한 군대도 굶주림에는 장사가 없어. 약탈을 하려고 해도 바위도끼 부족의 마을이 이주했으니, 제국군은 그저 망망한 초원에서 떠돌 거다. 참고로 바위도끼 부족만 이주하는 게 아니야. 협곡과 일주일 거리로 닿는 부족들은 전부 뒤로 이주해 빠질 거다. 부족한 자원은 연맹에서 지원할 거다. 이러려고 우리가 연맹을 만든 거잖아. 서부 전체가 하나의 부족처럼 싸운다. 놈들은 결코 예상하지 못하겠지. 우리가 하나가 되어 싸운다고 말이야."

유릭은 이가 갈렸다. 하나라는 말이 사미칸의 입에서 나왔다. 구구절절 옳은 말이었지만, 그 말이 사미칸의 입에서 나왔다는 게 유릭의 심기를 거슬렀다.

"문제는 내가 전초기지를 점령할 만큼의 전사들을 이끌고 산맥 반대편으로 도착할 수 있느냐 하는 거로군."

유릭은 일단 감정을 접어두고 사미칸의 전략을 살폈다. 사미칸이 고개를 끄덕였다.

"제국군 몰래 산맥을 가로지르고, 협곡 중간부터 내려가 야일루드를 통해 전초기지로 건너가는 거지. 그래도 전초기지의 병력이 우리 예상보다 많거나 전사가 죽어나가서 전력이 부족하면 전초기지를 점령하진 못할 거다. 만약 그럴 경우에는 무슨 수를 써서라도 야일루드만큼은 복구하지 못할 정도로 철저히 파괴해라. 비록 산맥 너머로 우리가 약탈을 가진 못하겠지만, 보급이 끊긴 제국군만큼은 몰살시킬 순 있겠지."

"성공하든 실패하든 나와 함께 간 푸른안개 전사는 절반도 남지 않을 거다."

사미칸은 대답하지 않고 나직이 고개를 끄덕였다. 그 정도의 희생은 이미 각오했다.

'하늘이시여, 내게 불멸의 영광을 주소서.'

사미칸이 위를 올려다봤다. 푸른 하늘은 높았다. 이번 전쟁을 승리로 이끌면 사미칸의 이름은 서부에서 불멸의 상징으로 빛날 터다. 제국의 사나운 침략을 막아낸 건 유릭이 아니라 사미칸으로 남을 것이다.

날이 완전히 밝아왔다. 유릭과 사미칸은 전사들을 이끌고 사전정찰을 나갔다.

유릭은 사미칸의 뒤를 바라봤다. 유릭에게 있어서 사미칸은 애증의 존재였다. 기회만 된다면 목을 꺾어버리고 싶은 상대이지만, 다른 한편으로 함께 어깨를 맞대고 싶은 형제이기도 했다.

"야일루드를 완공한 제국군에게 들키지 않고 가려면 여기서부터 가는 게 좋겠어."

사미칸과 유릭은 협곡에서 멀리 떨어진 산등성이를 살폈다. 그들은 산세를 살피면서 그나마 완만한 능선을 기억했다. 타고난 사냥꾼인 부족전사들은 물리적 기록 없이도 한 번 본 지형을 쉽게 잊지 않는다.

야만인들의 평균적인 학습능력과 기억력은 문명인보다 우수했다. 역설적으로 문명이 발달할수록 인간 개개인의 능력은 떨어지게 된다. 자연 상태에서는 살아남지 못할 사람조차 문명세계에서는 살아남아 자손을 낳고 번식하기 때문이다. 야만세계에서는 그런 경우가 없다. 학습능력이든 신체능력이든 평균보다 미달이면 생존하지 못한다.

유릭은 어떤 환경과 상황에서든 유연하게 대처하며 살아남는 초인이었다. 날고 기는 야만인들 중에서도 특별한 존재였다. 다른 야만인들이었으면 유릭처럼 문명세계로 건너갔을지라도 기껏해야 노예생활을 면하기 힘들었을 것이다.

사미칸은 뒤를 따라오는 유릭을 쳐다봤다. 눈이 마주쳤고, 둘 다 고개를 가볍게 끄덕였다.

'너를 죽이기 싫다, 유릭.'

사미칸은 자신의 야망과 권력을 포기하기도 싫었으나 유릭을 죽이기도 싫었다. 단순히 형제의 서약 때문이 아니라 유릭의 능력을 대단하게 여겼기 때문이다. 그렇다고 유릭을 그냥 내버려 둔다면 금방 자신의 힘만으로 전설적인 존재가 될 게 뻔했다. 동시대를 살아가는 사미칸을 묻어버릴 만큼 빛나는 존재. 그래서 그는 유릭을 견제했다. 형제와 함께하는 생의 즐거움은 짧으나, 사후의 영광은 영원하다.

한 달이 더 지났고, 개척로 야일루드 완공이 코앞까지 다가왔다. 각자의 사리사욕과 옳다고 믿는 대의가 뒤엉킨 혼돈이 삐걱거리며 모습을 드러냈다.

하늘산맥은 변함없이 인간들을 내려다봤다. 인간도 변함없이 싸울 뿐이었다.

"수고하셨습니다, 랭스터 공작님."

랭스터 공작은 이맛살을 찌푸리며 젊은 군단장을 쳐다봤다.

'완전히 좌천이로군.'

원래라면 랭스터 공작이 군단장을 거쳐 서부정복이 끝난 뒤에 총독자리까지 얻었어야 한다. 하지만 랭스터 공작은 야만인들에게 한 번 당해 패퇴한 적이 있었고, 황제는 그런 랭스터 공작을 늙었다고 판단한 모양이었다.

'군단장을 직접 임명해 파견을 보낼 줄이야.'

제국에서는 늘 그랬듯이 정복에 앞서 군단을 파견했다.

제국중보병 이천 명, 귀족에게서 징집한 병력 이천 명, 경기병 오백과 기사를 비롯한 중기병 오백이었다. 정식편제로 오천 명이었으나, 잡역부를 합하면 육천이 넘는 인력이 군단에 속한다.

황제는 서부군단이라 이름 붙여 군대를 아르텐 전초기지까지 보냈다.

랭스터 공작의 안내에 따라 서부군단은 개척로 야일루드를 따라 이동했다. 압도적인 산세와 경관에 입을 벌리지 않는 자가 없었다.

"대단하군. 이게 사람의 손으로 지은 다리란 말인가."

젊은 군단장 오딘스트가 말을 탄 채로 주변을 둘러봤다. 처음에는 다리를 넘는 데 주저하던 말들도 안전하다는 걸 느끼곤 차분히 다리를 건너갔다.

야일루드는 마차 한 대가 지나가고도 여유가 있는 다리였다. 그 견고함도 남달라 묵직한 보급마차가 지나가도 크게 흔들림이 없었다.

"이건 역사에 남을 토목사업입니다, 랭스터 공작님."

군단장 오딘스트가 랭스터 공작을 띄우며 말했다.

"황제폐하의 이름을 따서 야일루드라 붙였으니 당연한 거지요. 관리보수만 잘하면 백 년도 갈 겁니다."

랜스터 공작이 차갑게 대꾸했다. 그의 심기는 몹시 불편했다. 힘든 일을 본인이 다했는데 온갖 영예는 젊은 군단장이 얻을 터다.

오딘스트의 망토가 찬바람이 펄럭였다. 그는 눈동자가 협곡 끝을 보고 있었다.

'위대한 업적에 내 이름을 걸치겠군.'

심장이 쿵쿵 뛰었다. 조릭 오딘스트는 어린 시절부터 남부와 북부를 정벌한 용맹한 기사와 황제의 이야기를 듣고 자랐다. 이제 그 주인공이 자신이다. 그의 눈동자가 환하게 빛났고, 목소리는 우렁찼다.

삐걱.

야일루드는 무게 배분 때문에 분할 건설된 다리다. 앞쪽이 무너지더라도 뒤쪽까지 무너지지 않도록 느슨한 경계선이 있었다.

"어, 어어! 으, 으아아아!"

가끔씩 소란이 일었다. 말은 예민한 동물이었고, 불안감을 견디지 못한 말들이 날뛰는 경우도 있다. 덕분에 말과 함께 절벽 아래로 떨어지는 경우도 종종 있었다. 졸면서 행군하다가 떨어지는 병사도 있었다.

어떤 사고가 생겨도 산맥을 정면으로 넘는 것보다야 미미한 희생이었다. 오딘스트는 신경도 쓰지 않고 군단을 산맥 건너편으로 옮겼다.

야일루드를 통해 가로지르는 산맥 횡단은 넉넉히 이틀이면 충분했다. 서부군단은 밤을 새우다시피 하며 꾸준히 다리를 따라 걸었다.

"산맥 아래의 주둔지입니다."

야일루드 서쪽 끝은 평탄한 지형과 이어졌다. 사다리를 통하지 않고 평지와 연결되기 때문에 마차와 말도 서부의 땅으로 갈 수 있었다.

"군단이 왔다! 서부군단이 왔어!"

야일루드 입구 주둔지의 병력들이 소리를 질렀다. 그들은 야일루드를 지키면서 언제 야만인이 올지 모른다는 불안감에 시달렸다. 이제 무적의 군단이 왔으니 야만인 따윈 두렵지 않았다.

"제 병력도 군단에 합류하겠습니다."

랭스터 공작이 말했다. 오딘스트는 그의 아들뻘이었으나, 오딘스트 가문은 제국에서도 손에 꼽히는 명문가였다. 더군다나 군단장 지위는 황제의 군사적 대리인이라는 뜻이다. 여러모로 랭스터 공작이 부탁할 수밖에 없는 입장이었다.

"속국의 징집병과 노예가 대다수인 군대가 합류한다면 군단의 질이 떨어지고 사기가 낮아질 겁니다."

오딘스트가 바로 거절했다. 랭스터 공작의 인상이 찌그러졌다.

"야만인들은 만만하지 않습니다. 우린 이곳이 어떤 상황인지 전혀 모릅니다, 군단장."

"야만인들의 사정이야 뻔하지요. 제국은 두 번이나 야만인 정복에 성공했습니다. 놈들이 규합하기 전에 빠르게 치는 게 정석입니다."

오딘스트는 선대 황제가 남긴 남정기와 북정기를 몇 번이나 읽었다. 서부군단장으로 임명받으면서 당시의 전략과 전술을 몇 번이나 다시 찾아보기도 했다. 자신감이 차오른 젊은 군단장을 막을 자는 없었다.

"군단장께서 그렇게 생각하신다면야 군대를 물리겠습니다."

"공작님께서도 아르텐 전초기지로 돌아가 보급로 확보와 야일루드 유지보수에 힘써주십쇼. 그렇게만 해주신다면, 후에 황제폐하께 제가 잘 말하겠습니다."

오딘스트가 씨익 웃었다.

'서부정복을 오로지 자신의 공으로 돌리고 싶어 하는군.'

랭스터 공작은 오딘스트의 생각이 빤히 보였다. 그는 의욕에 찬 젊은이를 싫어하진 않았으나, 직접 당하니 기분이 좋지 않았다.

'이 랭스터가 뒷방 늙은이 취급을 당할 줄이야.'

시대가 바뀌었다. 황제는 젊었고, 과거에 활약하던 자들은 하나둘씩 루의 곁으로 올라갔다. 더 이상 치고 올라오는 젊은 이들을 막지 못했다.

서부군단은 산맥을 건넜다. 지금까지 야일루드를 지키던 랭스터 공작의 군대는 야일루드를 따라 퇴각했다.

랭스터 공작은 쓸쓸하게 어깨를 움츠렸다. 그는 자신의 군대에게 퇴각 소식을 전했다.

"도, 돌아간다! 드디어 돌아간다고! 빌어먹을!"

노예와 징집병들은 기뻐했다. 삼천에 달했던 노예와 징집병은 천여 명으로 줄었고, 그중에 절반은 노예였다.

노예들은 자신들과 상관도 없는 전쟁에 끌려와 혹사당했다. 전사자만큼이나 아사자와 동사자가 많았다.

"돌아가면 우린 자유의 몸이다!"

제국은 노예들에게 자유를 약속했다.

"자유…… 그래, 우린 자유인이 될 거다."

게오르크 아르투어가 바짝 마른 몰골로 중얼거렸다.

'자유의 몸이 되면 반드시……'

게오르크가 머나먼 고향을 바라봤다. 그는 산맥에서 멀지 않은 랑케가트 왕국 출신이다.

서부군단장 오딘스트는 노예병력을 거부했고, 그건 노예들에게 행운이었다. 더 이상 전쟁에 휘말리지 않고 고향 땅으로 돌아갈 수 있었다.

하룻밤을 쉬고, 랭스터 공작의 군대는 다리를 건넜다.

자유라는 말에 지친 노예들은 악을 쓰며 걸었다. 오랫동안 영양가도 없는 희멀건 죽만 먹었지만, 그들은 마지막 기력을 짜내 아르텐 전초기지로 돌아갔다.

"빌어먹을, 오딘스트."

랭스터 공작은 전초기지의 숙소로 돌아와 욕설을 내뱉었다. 간만에 즐기는 따뜻한 목욕도 전혀 즐겁지 않았다. 화가 났지만 자신의 일은 잊지 않았다. 그는 보급품을 점검하고, 전초기지의 방어를 단단히 굳혔다.

"공작님."

부관이 랭스터 공작을 찾아왔다. 가까운 속국에게 보급품 요청서신을 작성하던 랭스터 공작이 고개를 들었다.

"무슨 일이지?"

"징집병과 노예병들이 약속이행을 요구하고 있습니다. 자신들의 역할은 진작 끝났다고 말하더군요."

"아직 일손이 부족해. 보급품을 짊어지고 갈 사람도 있어야 되고."

"지금 전초기지의 제국군은 고작해야 이백이 조금 넘습니다. 천 명이 넘는 징집병과 노예병을 전부 통제하긴 힘듭니다. 자칫하면……."

부관이 걱정스레 말했다. 그도 통제가 불안한 상황만 아니었다면, 군이 랜스터 공작에게 보고하지 않고 자기 선에서 해결했을 것이다.

"징집병은 고향으로 돌려보내고 노예병만 남겨. 그러면 통제에 문제가 없을 걸세."

랜스터 공작이 대수롭지 않게 말했다. 통제는 총독경험으로 이골이 났다. 어떻게 해야 반란과 불만을 제압할 수 있는지 잘 안다.

랜스터 공작이 씁쓸하게 말을 덧붙였다.

"……여력만 되면 바로 해방시킬 거네. 나도 노예병들을 이렇게 혹사시키는 게 내키진 않아. 하지만 어쩔 수 없는 상황이지. 우린 여길 지켜야 하는데 일손은 부족해."

"알겠습니다."

부관이 고개를 힘껏 끄덕였다. 그는 징집병들을 해산시키고, 노예병만 전초기지에 남겼다.

"말도 안 돼! 왜 우리와 약속은 지키지 않는 겁니까!"

노예들이 웅성거렸다. 함께 싸우던 징집병들만이 전초기지를 벗어나고 있었다.

"시끄러워. 너흰 아직 노예 신분이다. 때가 되면 약속을 지킬 테니 자신의 본분에 충실하도록!"

"때가 되면 이라니! 우리가 모두 죽고 나서 말이요?"

오백여 명의 노예가 웅성거리며 따졌다. 그중에서 행색이 그나마 깔끔한 청년이 나왔다.

"황제폐하의 이름으로 산맥만 넘으면 해방시켜 준다고 하지 않았습니까! 이미 약속이 한참이나 지났습니다! 안키누스 폐하의 이름으로 약속했으니 루께서 보고 계실 겁니다!"

게오르크가 앞서 나왔다. 노예를 통제하던 부관이 인상을 찌푸렸다.

'서기관의 노예, 게오르크.'

게오르크는 부관의 눈에 거슬리는 놈이었다. 얼마 전부터 노예들 사이에서 지지를 얻어 그들의 의견을 대변했다.

"게오로크, 이리로 오게."

부관이 게오르크를 따로 불렀다. 그는 노예들의 대표인 게오르크를 회유할 생각이었다.

게오르크는 부관의 천막에 들어가서 간만에 구운 고기를 먹었다. 고소한 육즙이 입안에서 녹아내리는 듯했다.

"끄으, 맛있군요. 간만에 배에 기름칠을 했으니, 분명 내일은 온종일 쪼그러서 똥을 싸겠습니다. 하하."

게오르크가 배를 두드리며 웃었다.

"앞으로 자주 먹게 될 걸세. 보급 상황도 더 좋아지면 다른 노예들도 배불리 먹을 수 있을 거야. 지금은 아르텐 전초기지에도 여유가 없어. 공작님도 기회만 된다면 언제든 노예들을 해방시킬 생각이네. 아무쪼록 잘 부탁하네. 자넨 다른 노예와 달리 똑똑하지. 그렇지 않은가?"

부관이 싱긋 웃었다. 분위기가 좋았기에 일이 쉽게 넘어가리라 생각했다.

"저는 나리들께서 노예들을 어떻게 다루는지 잘 알죠. 나름 노예들 중에서는 관리자 입장이었거든요."

"그렇지! 역시 말을 통하는구만!"

부관이 손뼉을 치자, 게오르크가 고개를 저었다.

"그래서 압니다. 공작님께서 노예를 해방시키겠다고요? 지금까지도 하지 않았는데? 노예가 자유를 되찾는 방법은 죽음밖에 없죠. 지금 해방시켜 주지 않으면 우린……!"

게오르크가 강하게 나왔다. 부관은 게오르크의 말이 끝나기도 전에 길게 한숨을 쉬었다.

픽!

부관의 주먹이 게오르크의 안면을 강타했다.

"좀 잘해줬다고 기어오르는 게 딱 노에 새끼답군."

다른 제국병들이 천막 안으로 들어오며 게오르크를 둘러쌌다.

게오르크가 겁에 질린 표정으로 부관을 바라봤다. 부관은 식초로 변해가는 포도주를 느긋하게 마시며 병사들에게 신호를 보냈다.

"커억! 컥!"

병사들이 게오르크를 걷어찼다. 숨조차 쉬지 못할 정도로 거친 구타가 이어졌다. 제국병들은 게오르크가 죽지 않을 정도만 두들겨 팼다. 게오르크가 먹었던 음식들이 다시 바닥에 쏟아졌다.

부관이 바지를 벗더니 게오르크 머리 위로 오줌을 갈겼다.

"다음에는 구타로 끝나지 않을 걸세, 게오르크. 노예들을 잘 통제하게. 한 번만 더 이런 일이 생기면 다른 노예는 몰라도 자넨 죽을 거야. 자넨 똑똑하니 우리가 노예를 다루는 방법을 잘 알겠지. 본보기 하나둘을 처참하게 죽여서 오백 명의 군기를 잡는다면 이득이야. 비록 공작님께선 이런 방법을 원하지 않지만…… 나는 이런 방법을 꽤 좋아해."

게오르크는 기다시피 하며 천막을 나갔다. 다른 노예들이 그를 부축했다.

"죽여 버릴 거야, 개자식들 전부……."

게오르크는 노예들이 우글우글 모여 있는 천막으로 실려 갔다. 그는 피가 줄줄 흐르는 입술로 저주를 퍼부었다.

그러나 게오르크는 부관의 협박에 따를 수밖에 없었다. 굶주리고 지친 오백여 명의 노예로 이백여 명의 제국군을 제압하는 건 불가능했다.

'실패하면 나는 확실히 죽어.'

짚더미 위에 누운 게오르크가 파르르 떨었다. 집단구타 때는 정말로 죽는 줄 알았다. 아직도 그 생각만 하면 오금이 저려왔다.

'난 살아서 자유의 몸이 돼야 해.'

게오르크가 등을 돌리며 찔끔 나오는 눈물을 참았다.

육손이는 실질적인 연맹의 제사장 역할을 맡고 있다. 연맹의 대족장이 사미칸이니, 그 밑에 있는 제사장인 육손이가 주술사의 대장이 되는 건 당연했다.

'하지만 사미칸의 손짓 한 번에 생사가 갈리는 건 나 역시 마찬가지다.'

원래 제사장은 부족장도 함부로 대하지 못하는 지위다. 그러나 사미칸은 그런 제사장의 권력을 용납하지 않았다. 자신을 제외한 모든 이의 권력을 빼앗았다.

'유릭마저 사미칸의 적수로 쓰기엔 무리였나……'

육손이는 눈을 감으며 생각했다. 사미칸은 권력이 새어 나가는 걸 용납하지 않았다.

물컹.

육손이가 염소의 배를 가르고 그 안에 손을 넣었다. 그는 염소의 내장을 헤집으며 하늘의 뜻을 점쳤다.

"오오오."

육손이가 부들부들 떨며 염소의 내장을 꺼내 들었다. 과장된 행동에 제사를 지켜보던 전사들이 눈을 크게 떴다.

'부질없는 짓.'

육손이의 입에서 나올 말들은 뻔했다. '위대한 사미칸이 연맹을 승리로 이끌 것이다', '사미칸을 따르면 하늘 아래에 불멸의 영광을 누리리라!' 따위의 말들이다. 사미칸에게 불길한 점괘를 내뱉었다간 목숨을 부지하지 못할 터다.

육손이가 우렁찬 목소리로 점괘 내용을 내뱉었다. 그가 여섯 손가락을 신비롭게 흔들며 전사들에게 승리를 약속했다.

"……승리를!"

전사들이 환호했다. 1만의 전사들이 대지가 떠나가라 외쳤다. 머나먼 황무지 너머에서도 온 전사도 많았다.

"사미-칸!"

"창천의 뜻을 받든 자여!"

"사미칸이 우릴 영광으로 이끌지어다!"

바람잡이들도 덩달아 크게 외쳤다. 단숨에 전사들은 사미칸의 이름을 부르짖으며 승리를 확신했다. 높게 달아오른 사기는 공기를 데울 정도로 뜨거웠다.

'나는 하늘마저 속이고, 사미칸의 노예로 살아가는군.'

육손이가 자조했다.

'태어날 때부터 주술사라는 운명을 짊어지고, 사미칸이라는 주박에서 영영 벗어나지 못하는 건가……'

육손이는 태어나서 단 한 번도 자유롭지 못했다.

"훌륭했다, 육손이."

사미칸이 단상으로 올라오며 육손이의 어깨를 가볍게 두드렸다. 사미칸은 곧 1만이 넘는 전사들 앞에 서서 거창한 연설을 내뱉었다. 불멸의 영광을 코앞에 앞둔 사미칸의 목소리는 열의로 뜨거웠다.

"우리는 하나다! 같은 땅을 밟고 자라, 같은 하늘을 보며 달렸으며……"

하나가 된 민족. 사미칸은 통합을 강조했다. 그의 목소리가 전사들의 가슴까지 와닿았다. 언어가 다른 이들도 말의 맥락은 알아들었다. 사미칸은 손가락을 높게 들어 올리고 손뼉을 치며 행동으로도 의미를 똑똑히 전달했다.

유릭은 사미칸의 연설을 듣다가 등을 돌렸다.

"벨루아, 내게 볼일이 있나?"

유릭이 고개를 들어서 벨루아를 바라봤다.

벨루아는 나무기둥에 기댄 채로 팔짱을 꼈다. 화상으로 얼룩진 손과 팔은 거칠었다.

"너야말로 내게 할 말이 없어? 배신자라든가, 개년이라든가, 왜 뭐, 그런 말들 있잖아. 안 그래?"

벨루아가 고개를 살짝 숙이며 웃었다. 탁한 웃음소리는 어두웠다.

"사미칸과 손을 잡을 정도로 네 상황이 안 좋았겠지. 탓할 생각은 없다."

"하, 마음 넓은 척하는 거냐?"

유릭의 태도에 벨루아가 빈정거렸다.

"아니, 그런 게 아니야. 벨루아, 너는 내게 등을 돌리고 신의를 저버렸지. 상황이야 어쨌든 선택한 건 너다. 만약 너와 붉은모래 부족이 곤경에 빠졌을 때, 내 도움을 얻을 수 있을 거라고 생각하지 마라. 그뿐이야."

유릭의 눈동자는 서늘하게 식어버린 황금 같았다. 그는 손가락을 들어서 벨루아를 가리켰다.

저벅, 저벅.

유릭이 벨루아의 어깨를 치며 지나갔다.

벨루아는 유릭이 멀어지는 걸 확인하곤 머리를 쓸어넘겼다.

"제기랄."

욕설이 절로 나왔다. 유릭과의 우호적 관계가 무너지는 걸 벨루아도 원치 않았다.

'하지만 어쩔 수 없었어.'

늘 어쩔 수 없는 일이 생기곤 한다. 벨루아는 붉은모래 부족장으로서 곤경에 처했었고, 이를 타개할 방법은 사미칸과 혼인하는 것뿐이었다. 정략적 혼인이었지만, 그 효과는 훌륭했다.

두 거대 부족이 혼인이라는 강렬한 끈으로 묶이자, 붉은모래 부족의 지위는 단숨에 올라갔다. 장차 벨루아의 배에서 나올 아이가 연맹의 수장이 될지도 모른다.

벨루아는 연설을 하는 사미칸을 응시하다가 고개를 들어하늘을 올려다봤다.

"비가 오겠군."

하늘은 맑았지만 벨루아는 흘러온 바람에서 머나먼 비 냄새를 맡았다.

비가 올 것이다.

Chapter 8

　사미칸은 연맹의 군대를 재편했다. 제국군과 싸움에 앞서서 전사들의 단위와 역할을 구분할 필요가 있었다. 지금까지처럼 막 싸워서는 승산이 없었다. 그들의 적수인 제국군은 다양한 병종과 편제로 최적화한 군대였다.

　사미칸은 노아를 찾아가 재편안에 대해 상담했다.

　"여러 부족을 섞어서 십인대와 백인대로 구성하고, 천인대는 세력이 큰 부족장들이 지휘하도록 할 거야."

　사미칸이 말했다. 십인대, 백인대, 천인대는 어느 곳에서나 먹히는 보편적인 편제이면서도 효율적이었다.

　"굳이 부족끼리를 섞는 이유가 있나? 부족장들이 반기지 않을 텐데? 족장들은 자신의 전사를 지휘하고 싶어 해."

노아가 장기말을 만들어 백인대와 천인대 표시를 했다. 연맹의 전사 숫자라면 천인대 열을 구성할 수 있었다.

"앞으로 부족 간의 구분은 갈수록 무의미해질 거다. 끼리끼리 뭉쳐 다니면 갈등이 있는 부족 간의 문제도 잦겠지. 이렇게 흩어놓는 편이 규율 유지 측면에서도 훨씬 나을 거야. 무엇보다 자신의 전사를 지휘하지 않으면 부족장의 영향력이 줄어들겠지."

"그래, 네 말이 맞아. 장기적으로는 군대가 더 안정적으로 유지되겠군."

노아가 내심 감탄했다. 사미칸은 제국의 편제를 빌리는 것만이 아니라, 부족에 맞게 변형해서 취했다.

'각 부족 내부의 결속력보다 연맹이라는 거대한 틀의 결속력을 강조한 편제다. 사미칸의 권력이 최고조이기에 다른 부족장들은 불만이 있어도 대놓고 반대하지 못하겠지.'

다른 부족끼리 섞어서 편제를 유지하면 부족들 간의 이기주의가 흐려진다. 다른 부족일지라도 곁에서 함께 싸우는 전사를 형제처럼 여기게 된다. 장기적으로 전쟁이 계속된다면 부족주의가 희미해질 것이다.

'원수나 다름없었던 바위도끼와 푸른안개도 원정을 함께하며 서로를 형제라 여기는 전사들이 많아졌지. 그때 배운 거로군, 사미칸.'

사미칸은 자신에게 충성하는 부족장들을 중점으로 지휘관을 배정했다. 그가 권력을 한 손에 쥐고 있기에, 가장 효율적인 형태로 군대를 빠르게 재편할 수 있었다. 사미칸 독재체제가 아니었다면 분명 많은 반발이 있었을 개혁이었다.

'천인대로 열. 어림잡아 1만. 어마어마한 숫자로군.'

노아의 생각 이상으로 연맹은 거대해졌다.

부족의 인구가 1만 명이라면 천 명의 전사를 차출했다. 문명사회에서는 어림도 없는 징집비율이다.

'거기다가 서부의 부족사회에서는 소년부터 장년층까지 모두가 전사. 질 낮은 징집병력이 아니라 숙련된 전투기술을 가진 병력이라는 소리지. 그 징집비율이 1할을 오간다.'

문명사회에서는 상비군 비율은 1푼이 넘기 힘들다. 기껏해야 인구 100명 중의 1명이 숙련된 전사라는 소리다. 상비군 비율이 1푼을 넘어가려면 대단히 부유한 땅을 가지고 있어야 한다. 하물며 전시편제로 동원령을 내려도 기껏해야 문명사회의 인구대비 병력은 5푼 이하다. 부족사회처럼 1할의 인구를 징집했다가는 사회의 기반이 마비된다.

인구대비 적은 동원병력은 농경기반 봉건제 사회가 가진 구조적 약점이었다. 다만 농경을 통한 인구의 폭발력으로 절대치의 병력은 결국 늘었다.

'북부의 야만인들이 무시무시했던 것도, 인구의 2할 가까이가 전사로 전환되는 독특한 풍습과 사회체제를 가졌기 때문이지. 북부에서는 병든 노인마저도 무기와 방패를 들고 뛰어나오니까.'

서부인은 북부인처럼 노인까지 전장으로 내몰지는 않았으나, 최소 인구대비 1할의 전사 비율은 유지했다.

연맹군 1만도 아직 합류가 끝난 숫자는 아니었다. 노아의 예상으로는 원정 이후에 자진해서 합류한 부족까지 합하면 2만에 가까운 군대가 사미칸의 손에 있을 것이다. 야만전사가 그 정도로 뭉치면 문명세계의 왕국 하나둘 정도는 집어삼키고도 남는다.

'기록에 따르면 북부의 미요른이 1만의 북부인을 이끌고 남하해 제국의 심장까지 노렸지. 제국은 황급히 2개 군단을 소집하고, 동원령을 내려 4만의 병력으로 북부의 미요른을 막았다.'

노아가 보기에 서부인도 북부인 못지않은 잠재력이 있었다. 북부처럼 전사적 기풍이 강했고, 오랜 내전으로 숙련된 전투 기술을 가진 전사들이 인구의 1할을 차지했다.

"때마침 나타난 유릭 덕분에 제국의 침략 시기도 알아냈고, 서부의 통합도 쉽게 이뤘어."

노아가 유릭의 이름을 입에 올렸다. 사미칸이 천천히 고개를 끄덕였다.

"그래, 모든 게 잘 흘러가고 있어. 예정대로 유릭이 제국군의 보급로를 끊을 거다."

"유릭이 실패하면? 아직 연맹의 군대는 제국군 상대로 경험이 적어. 무엇보다 무장이 빈약해. 아무리 뛰어난 전사들이라도 낯선 상대 앞에서는 고전하는 법이지. 반면에 제국군은 '야만인'들과 싸우는 데 익숙하고."

"유릭은 성공할 거다, 노아. 오늘 아침 난 점을 쳤어. 어젯밤 내 품에 안긴 여자 주술사에게 가짜가 아닌 진짜 점을 쳐달라고 말했지."

사미칸이 이를 드러내며 웃었다.

"그래서?"

"내 형제 유릭은 하늘의 축복을 받은 대지의 아들이다. 여자 주술사는 정령과 선조의 가호가 유릭의 팔다리에 붙어 있다고 말하더군. 유릭이 실패할 리가 없어."

유릭을 향한 절대적인 신뢰가 사미칸의 말투에서 묻어나왔다.

그 말을 들은 노아가 웃었다. 항상 점괘를 정치적 도구로 쓰는 사미칸이 저런 말을 하니 웃음이 나왔다.

"하하, 자신의 점은 항상 가짜로 치면서 남의 점은 잘도 보는군, 대족장 사미칸."

"나는 내 운명을 미리 점치지 않아. 재미가 없거든."

"보지 않는다고 정해진 운명을 피하진 못해. 때론 미리 운명을 알고 담담히 받아들일 필요가 있지. 내가 그랬듯이."

노아가 자신의 태양 목걸이를 만지며 혼잣말하듯 말했다. 사미칸은 대꾸하지 않고 침묵했다.

유릭은 며칠 전부터 푸른안개 전사 천 명을 데리고 연맹의 주둔지와 떨어졌다. 제국의 척후를 피해 별동대로 움직이기 위해서였다. 일찌감치 본대와 떨어질수록 눈에 띄지 않는다.

'바위도끼 부족장 겸 천인대장 유릭이라니……'

유릭도 연맹군의 재편을 보곤 크게 웃었었다. 부족장들의 반대가 빤히 보였지만, 사미칸의 뜻을 전면으로 거스를 부족장은 없었다. 백 명이 넘는 부족장들 중에서도 몇몇만 그저 소극적으로 불만을 표시했을 뿐이었다.

유릭의 천인대는 별동대로 따로 빠진 상태였다. 다른 천인대와 달리 푸른안개 전사 천 명으로 이루어진 부대다.

유릭이 자신을 따라오는 전사들을 바라봤다. 방한대비를 두둑하게 한 전사들이었다.

'다들 눈빛이 날카롭다. 사미칸은 우수한 전사들을 나한테 넘긴 거야.'

이번만큼은 사미칸도 유릭의 실패를 바라지 않았다.

"함께 막중한 역할을 맡아서 영광이오, 대지의 아들 유릭."

푸른안개 전사가 유릭의 뒤를 따라오며 말했다. 유릭은 목을 까딱이며 인사를 받았다.

유릭과 전사들은 주둔지에서 사흘 거리 떨어진 산맥 아래로 움직였다. 일부로 동선을 크게 돌아서 혹시라도 있을 제국군의 정찰을 피했다.

"혹시나 해서 말하는데, 덥다고 짊어진 모피옷들을 버리지마. 나중엔 추워서 뒈질 테니까."

유릭이 산을 오르기 전에 미리 말했다. 전사들이 웃으며 고개를 끄덕였다.

'낮게 능선을 타고 비스듬히 올라서 포드갈 아르텐에게 끌려갔던 등반로로 간다. 포드갈의 경로를 따라 올라가다가 협곡으로 쭉 내려가면 되겠지.'

유릭이 차분히 산맥을 바라보며 생각했다. 모르는 길을 개척하는 것보다 포드갈의 등반로를 따라가는 게 희생이 덜할터다.

"지치면 말해. 악을 쓰며 버티다가 체력이 고갈되면 정말로 끝장이니까. 중간중간 쉬면서 갈 거야."

유릭이 일찌감치 말했다.

서부인들은 인내심이 강했다. 그들은 우기만을 기다리며 가혹한 건기를 참아내는 민족이다. 인내 끝에 오는 달콤한 과실을 알기에 메마른 고통조차 즐겼다. 탈것 하나 없이 평생을 걷고 뛰는 두 다리는 그 어떤 민족보다 강인했고, 그 두 다리로만 걷기의 원정을 해냈다.

유릭은 안다. 날카로운 눈을 가진 전사들은 유릭의 말에도 불구하고 끝까지 묵묵히 참을 것이다. 그들은 늑대처럼 자신의 무리 내에서 약해진 티를 내지 않는다. 그저 끝까지 버티고 버티다…….

'……그러다가 조용히 죽겠지.'

사흘이 지났다. 야영을 하는 유릭이 신발과 발가락을 모닥불에 말렸다. 발을 제때 말리지 않으면 동상에 걸린다.

본격적인 우기인지라 산맥의 만년설 경계가 밑으로 많이 내려왔다. 원래라면 눈이 쌓이지 않았을 숲인데도 눈이 푹푹 밟혔다.

타닥, 타닥.

전사들은 모닥불이 바람에 흔들리지 않게 옹기종기 모여서 불을 쬐었다.

"춥군."

입술이 달달 떨린다. 이가 딱딱 부딪쳤다.

"지금쯤 밑에선 싸우고 있을까?"

"예정대로라면 한 번 붙고 있을 거야."

전사들이 서쪽 평야를 바라봤다.

연맹군은 제국군과 한차례 교전을 할 예정이다. 승리를 위한 교전은 아니었다. 유릭과 전사들이 아르텐 전초기지로 갈수 있도록 시간을 벌며 제국군이 후방에 신경 쓰지 못하도록 흔드는 게 목적이다.

"쿨럭."

기침 소리가 사방에서 들렸다. 많은 전사들이 추위에 적응하지 못했다. 서부의 야만인은 추위에 약했다.

털썩.

기침을 하다가 땅바닥에 쓰러지는 전사도 있었다. 다른 전사들이 절레절레 고개를 흔들며 죽은 전사를 묻었다.

"몸을 따뜻하게 해."

유릭이 의무적으로 말했다. 일부러 춥게 다니는 전사는 당연히 없다. 다들 최선을 다해 방한대책을 세웠고 보온에 힘썼다. 그러나 하루가 멀다 하고 전사들이 죽어나갔다.

"어디까지 올라가는 거요? 유릭?"

전사들은 협곡 방향으로 내려가기만을 간절히 기다렸다.

"아직."

"이미 충분히 올라왔소, 이 정도면 산맥 너머의 놈들에게 들키지도 않을 거요!"

전사 하나가 따지고 들었다.

"그렇게 잘 알면 날 따라올 필요가 없겠군, 안 그래?"

유릭이 얼어붙은 입술로 웃었다. 그 말을 들은 전사가 인상만 찌푸리며 다시 자신의 자리로 돌아갔다.

유릭은 전사들을 바라봤다. 얼마나 죽었는지 인원도 확인하지 못했다. 죽으면 땅에 묻고 살아남으면 걸을 뿐이었다.

"지금 저 밑으로 내려갔다간 바위산만 만날 뿐이야. 조금 더 올라가서 내려가면 완만한 경사가 나와."

유릭은 옛 기억을 더듬었다. 유릭은 리갈 아르텐을 죽이고 산맥을 내려온 길을 역으로 따라 올라가고 있었다.

'내가 확실하게 아는 길로 간다.'

유릭의 말에 전사들이 고개를 끄덕였다.

다음 날 아침이 되자, 고개를 끄덕였던 전사들은 상당수가 그대로 고개를 떨군 채 일어나지 못했다. 죽은 전사는 꽁꽁 얼어붙은 채로 그 자리에 앉아 있었다. 이번에는 일일이 묻어줄 여유조차 없었다.

유릭과 전사들은 숲을 벗어나 끝이 없는 설원까지 올라섰다. 쓰러진 자는 눈발에 휩싸여 새하얗게 덮였다.

"내려간다!"

유릭이 소리를 높여 손짓했다.

전사들의 눈동자가 커졌다. 그들의 지친 다리에도 활력이
돌았다.

콰직!

눈이 쌓인 지형은 몹시도 위험했다. 다음 발을 내디딜 곳에
뭐가 있는지 아무도 모른다. 발을 잘못 내디뎠다간 다리가 끼
어 부러지거나 틈새 사이로 떨어지기 일쑤였다.

"제길, 뛰지 마!"

유릭이 고함을 지르며 전사들을 제지했다. 겉보기에 평탄한
내리막 설원이라고 거칠게 내려가던 전사 몇 명이 넘어져서 뒹
굴다가 절벽으로 떨어졌다.

"으아아아아아!"

비명이 아래에서 길게 퍼졌다.

유릭이 혀를 차며 작대기 하나를 꺼내 들었다.

"내가 먼저 간다. 시간은 오래 걸리겠지만 내 발자국을 따라
와."

유릭은 위험을 감수하며 가장 선두에서 길을 개척했다. 그
는 발끝에 모든 감각을 기울이며 설원을 걸어서 내려갔다. 막
대기로 종종 수상한 눈밭을 푹푹 쑤시며 길을 확인했다.

'가장 위험한 일도 마다하지 않는군, 대지의 아들.'

푸른안개 전사들이 유릭이 확보한 길을 따라 걸었다. 설원
을 타고 흘러온 눈보라 때문에 당장에라도 서두르고 싶었지

만, 그들은 인내하며 유릭을 따라 걸었다.

유릭은 부하에게 위험한 일을 맡기지 않았다. 가장 위험한 일은 대개 가장 중요한 일이기도 했다. 유릭은 항상 솔선수범하며 부하들 앞에 섰다. 대단히 모범적이고도 영웅적인 행동이었으나, 때론 부족장으로서는 부적합한 성격이기도 했다.

'위험을 두려워하지 않고 먼저 나서는 성격인데도 아직까지 살아 있다는 건 그만큼 능력을 갖춘 전사이기 때문이지. 아니면 선조의 영령이 곁에 붙어 있든가 말이야……'

주술사들은 대다수가 유릭을 찬양했다. 대지의 아들이라는 칭호는 대단한 영예였다.

문명세계에서는 신의 축복을 받은 유릭이라고 다들 말했다. 이 세상의 온갖 위험조차 유릭을 해하지 못했다. 단순히 뛰어나다는 말로는 설명하기 힘들었다.

"우린 연맹의 그 누구보다 먼저 산맥 너머의 땅을 밟을 것이다. 나중에 큰 자랑거리가 될 거야."

유릭이 전사들을 격려하며 숨을 돌렸다. 하얀 입김이 입술 양 끝으로 흘러나왔다.

"산맥을 넘은 유릭과 함께하는 영광을 누가 거부하겠소."

전사들은 마지막 힘을 짜냈다.

산맥의 우뚝 선 봉우리가 전사들을 바라본다. 봉우리를 넘지 않고 내려가는 전사들의 모습이 점점 작아졌다.

"끄으으."

게오르크는 다친 몸을 질질 끌며 노역을 했다. 게오르크를 비롯한 노예들은 보급품들을 전초기지 안으로 옮기고 있었다.

"어이, 꾀부리지 말라고. 게오르크."

병사가 게오르크의 다리를 걸어차며 말했다. 게오르크가 비틀거리며 눈을 부라렸다.

"……하고 있습니다."

눈을 부라리는 게 전부였다. 게오르크가 고개를 숙이며 전초기지 안으로 들어오는 마차 쪽으로 다가갔다.

게오르크는 마차에서 짐짝을 내려 창고 안으로 옮겨 쌓았다. 그는 온몸이 시퍼렇게 멍들 정도의 부상을 입었는데도 제대로 쉬지 못하고 일을 했다. 애초에 서기관 노예인지라 몸 쓰는 일과도 거리가 멀었다.

'제대로 찍혔어.'

다른 노예는 그래도 어쩌다가 노역에서 빠져 숨을 돌릴 수 있었으나, 게오르크는 시도 때도 없이 불려 나갔다.

'제길, 내가 미쳤지. 그 자리에서 고기를 먹고 얌전히 고개를 끄덕였어야 했는데……'

뒤늦은 후회였다. 노예들의 대표가 되었다고 뭔가 할 수 있을 거라고 착각했다.

'그래 봐야 노예인걸.'

게오르크는 간신히 허리를 한 번 세우며 숨을 돌렸다.

"거기! 멀뚱히 서 있지 말고 움직여!"

병사가 게오르크를 보며 호통을 쳤다. 게오르크가 속으로 욕설을 내뱉으며 다시 짐짝을 들었다.

'개자식들.'

게오르크만 불만을 품은 게 아니다. 노예들의 눈동자에는 독기가 맴돌았다. 제국군은 약속을 어겼고, 노예들은 제국군을 대신해 노역을 했다.

"우리가 왜 이런 전쟁을 도와야 하는 거지? 자유도 얻지 못했잖아."

"쉿, 조용히 해. 게오르크 꼴 난다."

"내가 장담하는데 이 전쟁이 끝나도 우린 노예일 거다. 저 새끼들이 우리를 자유로 만들어줄 리가 없잖아."

노예들이 웅성거렸다. 불만을 감지한 제국병이 채찍을 들어서 노예늘 사이로 휘둘렀다.

짝!

채찍이 땅을 때렸다. 그것만으로도 충분한 위협이었다. 떠들던 노예들이 좌우로 흩어졌다.

'노예들의 불만이 쌓이고 있어. 물자가 부족해서 제대로 먹이지도 못하고 있다고. 제대로 통제하지 않으면 위험해.'

제국병들도 불안한 건 마찬가지였다. 언제 반란을 일으킬지 모르는 노예들을 통제하려니 온종일 신경이 곤두섰다. 괜히 사소한 일에도 노예들을 거칠게 대했다.

제국의 국력이 집중된 황제직할령과 아르텐 전초기지 사이의 거리는 굉장히 멀다. 병참선도 그만큼 길어진다는 뜻이다. 황제직할령까지 병참선을 연결할 순 없었기에, 황제는 주변 왕국과 영주들에게 서신을 보내 보급품을 징발했다.

'속국에서 보내는 보급품의 질이야 뻔하지.'

병사들이 보급품 상자를 열며 인상을 찌푸렸다. 딱 봐도 질이 낮은 철괴는 녹슬어 있었고, 곡식포대를 까뒤집어 보면 모래가 섞여서 식사할 때마다 모래가 입안에서 씹혔다.

보급품 징발도 여의치 않다 보니 노예에게 돌아가는 몫은 늘지 않았다.

"빌어먹을! 랑케가트 놈들!"

전초기지 책임자인 랜스터 공작이 욕설을 내뱉으며 서류를 내던졌다.

"서류상의 절반도 되지 않잖아. 엉터리 같은 놈들!"

랜스터 공작은 군단의 병참을 맡았다. 병참장교는 무척이나 중요한 역할이지만, 영광이나 명예와는 거리가 멀었으며 알아주는 이는 드물었다. 사교계에서 병참을 맡았다고 떠들어 봐야 아무도 대단히 여겨주지 않는다.

"나중에 추궁해도 무슨 일이 있어 짐을 잃어버렸느니 착오가 있니 하면서 발뺌을 하겠지!"

랭스터 공작은 랑케가트 왕국을 몇 번이나 욕하다가 물을 마시며 심호흡했다.

"……하기야 랑케가트도 갑자기 이렇게 대규모 물자를 어느 날 아침 뚝딱 내놓진 못하는 게 당연해."

랭스터 공작이 한숨을 쉬었다.

'이런 식으로 속국에서 계속 징발하는 건 좋지 않아. 이미 우린 무리한 요구를 하고 있어. 폐하 곁에 제대로 된 조언가가 없는 건가……. 검귀 페르젠이 폐하의 곁에 있었으면 좋았을 텐데…….'

현 황제 얀키누스는 제국이 안정화된 이후의 세대 사람이다. 젊은 황제는 일곱 왕국이 속국인 게 당연한 시대에 태어났으며, 속국이 제국에 감히 대항하지 못할 거라 생각할 터다.

'왕국들은 제국이 약해지면 언제든 대장의 자리를 노릴 늑대들이다. 순종적인 사냥개가 아니야.'

아무리 뛰어난 통치자라도 모든 면에서 완벽하진 못하다. 평생을 제국의 수도에서 살아온 자들은 속국과 지방의 상황에 무지했다. 그래서 통치자에겐 언제나 조언자들의 역할이 중요했으나, 절대권력을 가진 황제에게 충언을 올릴 사람은 드물었다.

'얀키누스 폐하는 업적에 대한 집착이 너무나 강해. 페르젠 장군 말고는 그 고집을 꺾을 사람이 없지.'

페르젠은 제국의 모든 전쟁에 참전한 기사 중의 기사다. 페르젠이 황제 곁에 있었다면 병참선을 효율적으로 관리하고, 징발이 아닌 민간상단과 계약을 맺어 보급품을 확충했을 것이다.

'민간상단과 계약해 보급을 확충했다면 오히려 인근속국의 경제가 활성화되기에 반응도 좋았겠지. 징발이 아닌 돈을 주고 거래를 하는 거니까. 제국에겐 그 정도 여유가 있어.'

제국은 오랫동안 안정된 번영을 누렸다. 그동안 곳간은 차오르고 금고에는 금화가 물처럼 흘렀다. 남부와 북부를 수탈한 만큼 경제적 여유가 충분했기에 돈을 아낄 이유가 없었다.

'아마도 수도에 있는 엉터리 병참참모들이 돈을 쓰지 않아도 충분히 보급할 수 있다고 떠들어댔겠지. 돈을 쓰지 않으면 겉보기에는 더 이득인 것 같으니까, 폐하께선 징발을 택하신 걸 거야. 속국과 지방영주의 불만은 막상 반란이 일어나기 전까지는 중앙정부에 와닿지도 않으며, 그렇다고 직접적인 숫자로 보이지도 않으니까. 빌어먹을.'

랜스터 공작은 경험이 풍부했다. 그는 북부총독을 훌륭하게 수행해 낸 사내였다. 그의 눈에는 좀 더 나은 방법이 수없이 보였지만, 지금 그는 아르텐 전초기지에 묶인 몸일 뿐이다.

서걱, 서걱.

랭스터 공작은 황제에게 올릴 상소문을 썼다. 안정적인 병참로의 확보와 앞으로 길어질 정복전쟁에 대비한 속국관리, 그리고 서부정복이 제국에게 실질적 이득이 있느냐에 대한 의문.

"후우."

랭스터 공작은 등불 아래에서 눈을 비비며 손을 멈추지 않았다.

아르텐 전초기지에 밤이 찾아왔다. 랭스터 공작의 천막에서는 불이 좀처럼 꺼지지 않았다.

바깥에서 덜덜 떠는 노예들은 불이 켜진 천막을 보며, 기름이 남아돌아서 불도 끄지 않는다고 욕했다.

노예들은 좁은 천막에서 몸을 비비며 웅크렸다. 누군가 일어서서 나가려면 수많은 노예들의 발을 밟아야 했다.

"제길! 게오르크, 어딜 가?"

게오르크가 노예들을 밟으며 천막 바깥으로 나갔다.

"뼈가 시려서 잠도 안 온다고. 물이나 빼고 와야겠어."

게오르크가 나가자마자 경계를 서던 병사가 이맛살을 찌푸렸다.

"밤중에 어딜 나가는 거야? 그 안에 처박혀 있어."

병사가 게오르크를 창대로 밀며 말했다. 게오르크가 창대를 붙잡더니 성질을 부렸다.

"빌어먹을! 나도 사람입니다! 오줌 좀 눕시다!"

"오줌통은 안에도 있잖아."

"오줌통요? 꽉 차다 못해 넘쳐흘렀습니다! 때리려면 때리십쇼! 곧 죽어도 밖에서 싸야겠으니까! 여기서 맞아서 오줌을 지리는 한이 있어도 말입니다."

게오르크가 악을 쓰며 외쳤다. 그 기세에 병사가 손사래쳤다.

"왜 성질을 부리고 지랄이야. 거, 내가 오줌도 못 싸게 할까봐 그래? 가서 싸, 싸라고."

병사가 전초기지의 구석을 가리키며 말했다. 게오르크가 성큼성큼 천막과 천막 사이를 비집고 가서 누렇게 변색된 나무울타리를 발견했다. 누가 딱히 정한 것도 아닌데, 다들 여기서 오줌을 싸고 갔다.

쪼르르르.

게오르크가 바지를 살짝 내리며 편안한 표정을 지었다.

"하, 내가 봐도 고놈 참 실하네. 이 정도면 쓸 만한 물건이지. 아무렴."

게오르크는 구타당할 때도 그곳만큼은 움츠리며 지켰다. 나름 그의 자랑거리였다.

획.

바지춤을 올리던 게오르크가 나무울타리 위로 무언가가 떠오르는 걸 바라봤다. 커다란 그림자였다.

"읍!"

게오르크가 소리를 지르기도 전에 그림자가 게오르크를 덮쳤다.

'누린내.'

독한 누린내가 났다. 문명인의 냄새가 아닌 야성의 냄새였다. 샛노란 눈동자를 가진 거구의 사내가 게오르크를 짓누르며 제압했다.

'야만인이다. 서부의 야만인이 여길 습격했어!'

게오르크가 공포에 질린 얼굴로 벌벌 떨었다. 다행히 방금 오줌을 싼 터라 가랑이 사이가 축축하진 않았다.

'나는 여기서 죽는다.'

야만인에게 붙잡혔으니 결과야 뻔했다. 게오르크의 뇌리에서는 그리운 얼굴 하나가 떠올랐다.

'부디 당신만은……'

게오르크가 죽음을 각오하고 눈을 감았다.

"성문 방향은 어느 쪽이지? 소리를 지르려고 하면 그전에 목젖이 찢어질 거다. 용기가 있다면 시험해 봐도 좋아. 알아들었으면 고개를 끄덕여."

야만인의 입에서 나온 건 유창한 제국어였다. 게오르크가 눈을 동그랗게 뜨며 나직이 고개를 끄덕였다.

야만인 유릭이 천천히 게오르크의 입을 막았던 손을 뗐다.

"야, 야만인."

죽기 싫은 게오르크가 속삭이듯 말했다. 유릭은 만족스레 고개를 끄덕이며 도끼날을 게오르크의 어깨에 걸쳤다.

"그래, 야만인이 왔습니다, 여러분."

유릭이 장난스레 말했다. 그는 게오르크의 목덜미를 느슨하게 쥐며 이를 드러냈다.

"나, 나는 여기의 노예입니다. 벼, 병사가 아니죠."

"옷차림만 봐도 알아. 그래서 노린 거니까. 난 밤눈이 좋거든."

유릭과 푸른안개 전사들은 산맥을 내려와 야일루드를 통과했다. 중간에 만난 야일루드의 순찰대는 날렵한 전사들이 소리 없이 해치웠다.

야일루드를 통해 산맥을 넘은 전사들은 저 멀리 숲에서 대기하고 있었고, 유릭은 혼자서 아르텐 전초기지에 잠입했다. 그는 전초기지의 구조를 외우고 있었지만, 그간의 확장공사 때문에 바뀐 부분이 많았다. 나무울타리 아래로는 해자까지 생겨서 요새의 성문을 통하지 않으면 들어가기 힘들었다.

"드디어 쳐들어오는 겁니까?"

"그걸 내가 왜 너한테 알려주겠어? 성문까지만 안내하면 목숨만은 살려주지."

유릭이 게오르크를 재촉했다. 묘하게도 게오르크는 침착했다.

"저쪽에는 지금 순찰 도는 병사가 있을 겁니다. 이쪽은 노예 천막인데 입구에 병사 둘이 지키고 있지요."

게오르크가 일일이 병사들의 위치를 말했다. 유릭이 오히려 놀라서 게오르크를 멀뚱히 바라봤다.

"날 돕는 거냐?"

"뭐, 사정이 있어서요. 그나저나 제국어에 능숙하시군요."

"나도 사정이 있어서 말이지."

유릭은 게오르크를 발끝부터 머리까지 관찰했다.

'제대로 먹지 못해서 말라 있어. 멍든 흔적이 많아.'

게오르크가 혹독한 대우를 받았다는 게 유릭의 눈에 보였다.

"여긴 병사 이백과 노예 오백이 있습니다."

게오르크가 천막 뒤에서 자세를 숙이며 말했다.

"노예병 말인가?"

"신호만 준다면 언제든 봉기할 노예 오백이죠. 제국군은 자유를 준다는 약속을 지키지 않았습니다."

게오르크가 이를 갈며 말했다. 그는 유릭이 어째서 제국어를 하는지에 대해서는 관심이 없었다.

'말이 통하는 야만인이 여기에 왔다는 게 중요하다.'

제국군을 도와 야만인을 막더라도 노예들에겐 아무런 이득이 없었다. 노역에 시달리다 하나둘씩 죽어나갈 뿐이다. 하물며 전투가 벌어지면 제국군이 노예를 방패막이로 쓸 게 뻔했다.

"여길 공격하실 거면 제가 돕겠습니다."

"……진심인가? 난 야만인이라고."

"제가 설득한다면 노예들 태반이 봉기를 일으킬 겁니다. 대신 우리에게 자유를 약속하십쇼. 이 전쟁은 우리의 것이 아닙니다. 억지로 끌려 나와 원치도 않는 싸움을 계속했을 뿐이죠."

유릭은 게오르크의 말이 거짓 같지 않았다. 노예들이 문명 세계에서 어떤 대우를 받는지는 유릭도 잘 안다. 가축이나 다름없는 취급이다.

"안내해."

유릭이 게오르크를 따라 노예들이 잠든 천막으로 향했다.

우득.

유릭이 순식간에 입구에 서 있던 병사 두 명을 목을 꺾었다. 굉장한 살인기술을 본 게오르크는 겁을 집어먹었다. 사람의 생명이 덧없이 사라졌다.

'엄청난 야만인이다. 홀로 전초기지 안으로 잠입한 이유가 있었군.'

게오르크는 배신하는 순간 자신도 저 꼴이 날 거라는 걸 알았다. 유릭이 사람 하나를 죽이는 데는 침 한 번 삼키는 시간밖에 걸리지 않았다.

"일어나, 조용히 해."

노예들의 천막은 세 개였다. 각각 100명이 넘는 노예가 뭉쳐서 잠을 자고 있었다.

'처참한 꼴이군.'

유릭도 혀를 차며 누워 있는 노예들을 바라봤다. 산송장이나 다름없는 자들이었다.

"무, 무슨 일이야?"

"쉿, 조용히 해."

게오르크가 노예들을 하나둘씩 깨우며 입단속을 했다. 그들은 어둠속에서 꿈틀거리며 게오르크의 말에 집중했다.

"야만인이 곧 쳐들어올 거다."

"뭐, 뭐라고?"

"목소리 낮춰."

"우, 우리도 다 죽는 거 아니야? 도, 도망가야지."

노예들이 떠드는 사이에 유릭이 게오르크 뒤에 섰다. 유릭의 그림자는 대단히 컸다. 덩치로 봐도 굶주린 노예로는 보이지 않았다.

"나는 유릭이다, 너희들이 말하는 야만인이지."

유릭의 유창한 제국어에 노예들의 눈동자가 커졌다.

"……보아하니 좋은 대우를 받고 있는 것 같진 않군. 나는 거짓말을 하지 않아. 우리가 여길 점령하는 걸 돕는다면 너희들에게 자유를 약속하겠다. 바깥에 대기 중인 전사는 오백이 넘어. 내 제안을 거절한다면 사지 멀쩡하게 여길 나가진 못할거야."

노예들이 서로의 얼굴을 보더니 고개를 끄덕였다.

"돕겠소."

"돕지 않을 이유가 없지. 이러나저러나 우리에게 다른 선택지는 없으니까."

노예들은 문명인과 야만인을 가리지 않았다. 그들에게 중요한 건 자신들에게 자유를 약속할 사람이었다. 제국군은 이미 한 번 그 약속을 어겼고, 그들은 야만인의 약속을 믿기로 했다.

"좋아, 병기창고는?"

유릭이 게오르크에게 물었다. 게오르크도 그것까진 몰랐으나, 병기창고에서 짐을 나르던 노예가 손을 들었다.

유릭은 게오르크와 함께 다른 천막도 기습해 다른 노예들을 만났다. 다들 제국군에 대한 반감이 대단히 높아서 야만인과 협조하는 걸 꺼리지 않았다. 오히려 이판사판이라는 마음으로 나서는 이가 대다수였다.

'생각보다 일이 잘 풀린다. 노예들의 협조를 얻는다면 전초기지를 쉽게 점령할 수 있을 거야.'

유릭이 데려온 전사는 천 명이었으나 산맥을 넘느라 태반이 죽거나 다쳐 이제 오백여 명이 남았다. 어떤 이들은 동상과 부상을 입어 비전투인원으로 빠졌다. 이런저런 인원을 빼고 싸울 수 있는 전사는 오백이었으나 그들마저도 몹시 지쳐서 본래 전투력이 나오지 않는 상황이었다.

'요새 안에 제국군 이백. 정면으로 부딪치면 승산이 희박해.'

유릭은 과감하게 혼자서 잠입했다. 그도 가만히 서 있으면 다리가 부들부들 떨릴 정도로 지쳤으나, 다른 전사들보단 상황이 나았다.

유릭과 게오르크는 병기창고를 확보하기 위해 천막 사이를 숨어다니며 이동했다.

'노예들을 먼저 해방시켜서 병기창고에서 무장을 시키고. 그 뒤에 나는 성문을 열어서 신호를 보낸다.'

유릭의 머릿속에서는 계획이 맴돌았다. 밤중이라 병사들의 순찰이 종종 보였다. 하지만 오랫동안 침입을 받지 않은 후방인지라 나태한 기색이 역력했다.

"어이, 거기 누구야?"

유릭의 등이 움찔했다. 천막 뒤에 숨어 있던 유릭과 게오르크가 숨을 집어삼켰다.

'제길, 나태해져도 역시 제국군인가. 딴생각을 하는 게 아니었어.'

유릭이 도끼를 세게 쥐었다. 여차하면 육박전으로 밀어붙여야 할지도 모른다.

꿀꺽.

침을 삼키며 제국병의 발자국에 귀를 기울였다.

'숫자는 넷. 단번에 제압하진 못해. 한 명 정도는 소리를 지를 거다.'

유릭은 눈을 빛내며 도끼자루를 매만졌다.

툭.

게오르크가 유릭의 팔뚝을 툭 쳤다.

"제게 해결해 보겠습니다."

게오르크가 일어서더니 앞으로 뛰어가며 넘어졌다.

"뭐야, 게오르크였나? 이 시간에 왜 여기에 있는 거지?"

병사가 게오르크를 보며 한시름 놓은 표정을 지었다. 하지만 그들은 창을 들고 있는 손을 느슨하게 내려놓지 않았다.

"기, 길을 잃었습니다."

"뭐? 장난해? 길을 잃었다고? 여기서 하루 이틀 일했냐?"

게오르크의 어이없는 변명에 병사들이 화를 냈다. 그들은 게오르크에게 뭔가가 더 있다고 확신했다.

'제기랄, 똑똑한 놈인 줄 알았는데 멍청이였냐!'

유릭이 속으로 욕설을 내뱉었다. 유릭이 들어도 어처구니가 없는 변명이었다. 당장 병사들이 게오르크를 추궁해도 이상할 게 없었다.

'최악이로군.'

유릭의 이마에 땀이 송골송골 맺혔다. 네 명의 병사를 기습해서 죽이는 건 문제가 아니다. 유릭은 이미 더한 상황에서도 여러 번 살아남았다.

'하지만 저들과 싸우면 사방에서 제국군이 몰려오겠지.'

유릭이 이런저런 생각을 하며 살아남을 방법을 궁리했다.

그사이에 게오르크가 부들부들 떨다가 제국병의 협박에 뒤로 벌러덩 넘어졌다.

"사, 사실은 너, 너무 배가 고파서 뭐라도 훔쳐 먹으려고 해, 했습니다. 제기랄, 물이나 다름없는 희멀건 죽만 지금 사흘 동안 먹었습니다. 죽을 것 같다고요."

게오르크가 배를 움켜잡으며 간절히 말했다. 병사들은 한심하다는 듯이 게오르크를 바라봤다.

"그러다가 잘못 걸리면 모가지 날아가는 거 몰라? 노예는 밤에 나오면 안 된다고. 병신 같으니."

"하지만 배가 고픈 걸 어쩝니까."

"곧 식량배급도 상황이 나아질 거다. 이거나 먹어. 다른 놈들에게 비밀이다."

병사가 주먹의 반쯤 되는 건빵을 게오르크에게 던졌다. 게오르크는 황금이라도 받은 듯이 화색이 된 표정으로 고개를 연신 숙였다.

"감사합니다, 나리. 정말로 감사합니다! 나리의 선행을 루께서 보고 계실 겁니다!"

"됐으니까, 빨리 먹고 천막으로 돌아가."

"네입!"

병사들이 게오르크 옆을 지나가며 시시덕거렸다.

게오르크가 목이 막힐 정도로 허겁지겁 건빵을 씹어 먹었다. 그는 병사들이 멀리 가버린 걸 확인하곤 유릭이 있는 곳으로 돌아왔다.

"대단하군."

유릭이 게오르크의 대응에 솔직하게 감탄했다.

"첫 번째 거짓말은 의심해도, 진실이 섞인 두 번째 거짓말을 쉽게 의심하지 못하는 법이죠."

"넌 거짓말쟁이로군. 믿으면 안 되겠어."

"거짓말에 능숙한 거지, 거짓말쟁이는 아닙니다."

게오르크가 옅게 웃으며 정정했다. 그들은 순찰대를 피해 병기창고 근처로 접근했다.

"아직 이름은 듣지 못했군."

유릭이 무기를 잡으며 게오르크에게 말했다.

"게오르크 아르투어입니다."

"아르투어? 귀족인가?"

"아뇨, 제가 지은 성입니다."

"흠, 괴짜로군. 뭐, 아무렴 어때."

유릭이 주변을 살폈다. 다른 순찰대의 시선이 없는 틈을 타서 병기창고 앞에 서 있던 경비 둘의 목을 순식간에 베었다. 고양이처럼 소리 없이 접근해 폭풍처럼 몰아치는 암살이었다.

촤아악!

피를 뒤집어쓴 유릭은 시체를 들어서 그늘진 곳으로 옮겼다.

끼이이익.

게오르크가 병기창고를 열곤 들어갔다. 제국군의 반짝이는 제식무기는 물론이고, 조잡하게 만든 무기들까지 여럿 쌓여 있었다.

"저는 다른 사람들을 불러 창고에서 무장시키겠습니다. 성문은 여기서 정면으로 쭉 가시면 됩니다. 유릭, 우리가 반란을 일으키면 성문에 있는 병력도 순식간에 이리로 빠질 겁니다."

"……전투가 끝나고 살아 있으면 다시 보자고."

게오르크는 다시 그림자 속으로 사라지는 유릭을 바라봤다.

'대단한 야만인이야. 혼자서 여길 들어오다니.'

보통 담력이 아니었다. 제국군은 제국어가 능숙한 서부야만인이 있을 거라곤 상상조차 못 할 터다.

'난 자유인이 될 거다. 그리고…….'

게오르크는 주먹을 불끈 쥐었다. 그는 해야 할 일이 있었다.

Chapter 9

　푸른안개 전사들은 전초기지에서 떨어진 숲에서 대기하고 있었다. 그들은 당장에라도 불을 피우고 싶었으나, 적들에게 들키지 않기 위해 서로 몸을 맞대며 체온만 나눴다.

　"유릭을 혼자 보내는 게 아니었어. 아무리 대지의 아들이라도 무모한 짓이라고."

　푸른안개 전사들의 가용병력은 오백 정도였다. 백여 명이 넘게 죽었고, 살아 있는 사람들도 태반이 싸울 수 있는 상태가 아니었다. 다리와 팔을 잘라야 할 사람이 여럿이었고, 그중에서도 오래 살지 못하고 죽을 자들이 허다했다. 유릭의 예상대로 절반조차 멀쩡히 돌아가지 못할 것이다.

　'우리는 산맥의 봉우리를 넘지 않았는데도 이 지경에 이르렀

어. 도대체 유릭은 어떻게 산맥을 넘은 거지?'

만약 전사들이 봉우리를 넘으려고 했으면 전멸을 면치 못했을 것이다. 오랫동안 산맥이 금기였던 이유가 있었다.

"정말로 하늘의 허락 없이는 산맥을 정면으로 넘지 못할 거야."

전사들이 중얼거렸다. 그들이 산맥을 넘어온 것도 순전히 야일루드 덕분이었다. 인간의 힘으로 개척한 위대한 다리가 하늘의 뜻을 거스르고 인간을 오가게 만들었다.

"유릭은 대지의 아들이다. 우리의 그릇으로 생각해선 안 돼. 사미칸과 마찬가지라고."

푸른안개 전사들은 유릭에 대한 존경을 아끼지 않았다.

"아무리 그래도 혼자서는……."

"유릭이 할 수 있다고 말하고 갔어. 믿어라. 유릭을 의심하는 건 우리의 대족장 사미칸을 의심하는 것과 똑같아."

"하지만 유릭은 한 번 전투에서 패했지. 그것도 산맥에서 말이야. 대지의 아들이 항상 승리하진 않는다고."

산맥에서 겪은 단 한 번의 패전이 유릭의 오점으로 남았다. 유릭이 가진 신성성에 흠집이 난 셈이었다.

푸른안개 전사들은 초조하게 숲 속에서 유릭의 신호를 기다렸다.

"만약 혼자서 저 요새의 문을 여는 데 성공한다면……."

전사들이 침묵했다. 그들은 촘촘한 별들을 바라봤다.

삐이이이이-!

유릭이 쏘아올린 효시가 길게 소리를 내질렀다. 전사들이 무기를 잡으며 일어섰다. 그들은 저 신호만을 간절히 기다리고 있었다.

"……가자, 형제들아. 유릭이 우릴 기다린다."

전사들이 고함을 지르며 숲을 가로질렀다.

게오르크가 휘파람을 길게 불며 신호를 보냈다. 오백의 노예들은 잠들지도 않고 그 신호만을 기다렸었다.

"우아아아아아아!"

노예들이 울분을 토하며 뛰쳐나왔다. 그들은 몸으로 제국병들을 밀치며 병기창고로 달렸다.

"이 미친놈들아! 당장 천막으로 돌아가!"

순찰을 돌던 제국병들이 모여들며 노예들을 제지했다.

"닥쳐! 이 개새끼들아!"

노예들이 맨손으로 제국병에게 달려들었다.

"끄으으으으으!"

병사들이 무기를 들어서 노예들을 공격했다. 결국 피가 땅바닥에 쏟아졌다. 잘 훈련된 제국병들이 노예를 닥치는 대로 베어나갔다.

"우린 네놈들의 노예가 아니야아아!"

노예들이 악을 쓰며 제국병의 등을 덮쳤다. 이러나저러나 죽는 건 마찬가지다. 어차피 죽을 거라면 저항하길 택했다. 자신들도 인간이라는 걸 증명하듯, 노예들은 사납고도 잔혹하게 제국병을 공격했다.

"커어어어억!"

노예들이 제국병의 귀를 물어뜯고 눈알을 파냈다. 그들은 제국병의 무기를 뺏어서 거침없이 쓰러진 병사의 목을 베었다.

아직 제국병들 대다수는 잠들어 있었다. 그들이 무기를 가지고 뛰쳐나오기 전에 노예들은 병기창고까지 가야 했다.

"게오르크-!!"

노예들이 게오르크의 이름을 불렀다. 게오르크가 병기창고 안에서 무기를 꺼내 바깥으로 뿌리고 있었다.

"아무거나 쥐고 싸워! 야만인들이 곧 여길 덮칠 거다!"

게오르크가 성문 쪽을 보며 외쳤다. 그의 눈동자가 가늘었다.

"야만인도 적인 거야?"

노예 하나가 묻자, 게오르크가 머뭇거렸다.

"적은 아니지만, 우리를 공격한다면 대응해라."

전장의 상황이 어떻게 흘러갈지 모른다. 야만인이 행여나 노예들까지 적이라고 판단한다면 유릭이나 게오르크의 거래는 의미가 없는 거나 마찬가지다.

'야만인 군대의 규율이 제대로 잡혔을 리가 없어. 유릭이라는 자는 말이 통하는 것 같았지만, 다른 야만인들은……'

게오르크도 확신은 없지만 일단 창을 들고 싸울 준비를 했다.

"후욱, 후욱."

게오르크가 숨을 몰아쉬며 제국병들이 몰려오는 걸 바라봤다.

노예들이 병기창고 주변에 옹기종기 모였다. 제대로 된 전투 지휘관도 없기에 진영이나 대비도 엉성했다. 제국병 수십 명이 돌격해도 전멸할 터다.

'유릭, 제발.'

게오르크의 입술이 바짝바짝 타올랐다.

"루여, 저를 이대로 당신의 곁으로 데려가지 마시옵소서. 아직 이 땅에서 해야 할 일이 있습니다."

게오르크가 멍든 얼굴로 뜨지 않은 태양에게 기도했다. 새벽을 볼 수 있기를 간절히 바랐다.

유릭이 계획대로 성문을 열고 야만인들을 들여보내야 게오르크와 노예들이 살아남을 수 있다.

"게오르크! 병사들이 오고 있어! 카악!"

분노한 제국병들이 마구잡이로 노예들을 짓밟았다.

"망할 노예새끼들이! 감히 반란이냐!"

"주동자는 게오르크다! 저놈을 잡아!"

"게오르크으으으! 개자식! 네 입으로 죽여달라고 말할 때
까지 가죽을 천천히 벗겨주마!"

제국병의 살벌한 말에 게오르크는 오줌을 지릴 지경이었다.
그는 간신히 정신을 차리고 목청을 높였다.

"버텨! 어떻게든 버티라고!"

"제기랄! 어떻게 버티는데?"

노예들이라고 당하고 싶어서 당하는 게 아니었다. 그들은
오랫동안 노역과 굶주림에 시달렸으며, 전투기술 또한 제국병
에 비하면 초라했다. 대륙 최강의 군단 앞에서는 결사의 각오
조차 무의미했다.

"칵!"

노예들의 뱃가죽을 관통하는 창날과 칼날이 늘어만 갔다.
피를 뒤집어쓴 제국병들이 눈을 부라리며 쓰러진 노예의 머리
를 짓밟았다.

"우린 제국의 칼이다. 더러운 비렁뱅이들이 누구 앞에서 무
기를 들이미는 거냐! 황제폐하 만세!"

"얀키누스 만세에에!"

노예들이 쓸려 나가자 사기가 높아진 제국병들이 외쳤다.

삐이이이이이-!

노예와 제국병들이 싸우다 말고 뒤를 힐끗 쳐다봤다. 성문 방향에서 효시가 높게 솟아올랐다. 화살촉을 피리 구조로 만들어서 쏘는 효시는 어디에서나 공격개시의 신호로 쓴다.

"서, 성문이 공격당했다! 성문이 열렸어!"

"몇 명이야? 몇 명한테 당한 건데?"

"하, 한 명!"

제국병들은 혼란에 빠졌다. 성문이 열렸다는 소식에 당황했다. 눈앞에 노예들을 처리해야 했지만, 당장 성문을 지켜야 하기도 했다.

"서, 성공이다!"

노예들은 어쩔 줄 몰라 하는 제국병들을 보며 쾌재를 질렀다.

제국병들은 일단 노예들을 내버려 둔 채로 성문으로 뛰어갔다. 성문을 지키는 것이 먼저였다.

"경계 실패는 군법으로 사형이 아닌가?"

유릭이 히죽히죽 웃으며 성벽 위에 서 있었다. 나무로 만든 성벽이지만 부족의 울타리 따위와는 비교도 안 될 정도로 튼튼했다. 유릭은 도개교 끈을 잘라서 문을 내린 상태였다.

"야만인이 언제……"

제국병들이 경악했다. 성문 주변과 계단, 성벽 위로 제국병들의 머리가 굴러다녔다. 정말로 혼자라면, 혼자서 10명을 넘게 죽인 거나 마찬가지였다.

"날 죽이고 싶으면 빨리 와라. 곧 내 형제들이 여기에 닥칠 테니까, 기회는 별로 없어."

유릭이 죽은 병사의 머리를 잘라서 좌우로 흔들며 말했다. 피로 얼룩진 얼굴에서는 미소가 들썩였다.

"찢어 죽일 새끼야아아아!"

제국병도 짧게는 2, 3년, 길게는 10년을 함께 복무한 자도 있었다. 전우애만큼은 어디 내놔도 빠지지 않는 군대다. 병사를 죽이고 조롱까지 하는 유릭에게 분노가 쏟아졌다.

텅!

완전무장하고 온 제국병들이 쇠뇌를 쐈다. 유릭은 죽은 제국병의 시체를 들어서 인간방패로 삼았다. 잘 무장한 제국병사는 좋은 방패였다.

픽! 픽!

쇠뇌 화살은 죽은 병사의 몸에 연달아 꽂혔다.

"개, 개자식!"

어째서 유릭이 제국어를 하는지는 중요치 않았다. 그들은 자신들을 농락한 유릭을 죽이려고 달려들었다. 이미 도개교 도르래가 끊어졌기에 성문을 다시 올리는 건 무리였다.

"머저리들, 날 죽일 기회는 놓쳤어."

유릭이 다리를 질질 끌며 웃었다. 그도 멀쩡한 몸이 아니었다. 혼자서 성벽의 경비를 돌파하고 도르래까지 끊었다. 그의 팔다리에는 깊게 베인 흔적이 있었다.

"호오오오오!"

전초기지 바깥에서 요란한 소리가 났다. 야만인들 특유의 전투함성이었다.

"요호오오!"

유릭의 신호를 받고 달려온 푸른안개 전사들이 열린 성문을 보며 함성을 더 크게 질러댔다.

"유릭이 저기에 있다아아아!"

전사들이 달리면서 활을 쐈다. 달리면서 쏜 화살인데도 성벽에 올라서는 병사들의 머리통을 스치며 지나갔다.

"야만인들이 온다! 방패를 들고 성문 아래로 모여!"

정신을 차린 부관 하나가 소리를 질렀다. 병사들이 방패를 들고는 열린 성문 앞으로 모여들었다.

"오우!"

제국병사들이 방패를 오밀조밀하게 겹치며 기합을 내질렀다.

쿵, 쿵.

전사와 병사들의 심장이 뛴다. 충돌이 곧이었다.

콰당탕!

달리는 전사와 방패를 든 병사들이 충돌했다. 달리던 기세를 멈추지 못한 전사들이 방패 뒤로 훌쩍 넘어갔다. 후열에 있던 병사들이 기다렸다는 듯이 넘어온 전사를 찔러서 죽였다.

"커억!"

전사들이 죽으면서도 도끼를 휘둘러 병사들을 위협했다.

"질긴 새끼! 죽어! 죽어!"

병사가 연거푸 전사의 몸통을 찔렀다. 공포와 증오가 뒤엉킨 살육판이었다.

"오우우우우!"

전사들도 악에 받친 건 마찬가지였다.

'우리가 어떻게 산맥을 넘었는데!'

옆에서 형제들이 얼어 죽는 걸 지켜만 봤다. 죽어가는 형제들을 돕지도 못했다. 산맥을 넘지 못하면 더 많은 형제와 가족이 죽는다는 걸 알기에 묵묵히 인내하며 참았다.

"증오를 담아 외치고, 분노를 담아 휘둘러라!"

푸른안개 전사들의 기세가 전초기지를 쩌렁쩌렁 울렸다. 그들은 연맹에서도 손에 꼽히는 수준의 전사들이다.

촤악!

전사의 창과 도끼가 적의 배를 찌르고 머리통을 박살 냈다.

"후우."

유력이 숨을 돌리곤 전사들과 합류했다. 이미 전사들의 돌진에 성문의 방어선이 뚫렸다. 더군다나 제국병사들은 뒤에서 일어난 노예의 반란도 신경 써야 했다.

"허름한 차림으로 제국병사와 적대하는 놈들은 공격하지 마! 우릴 돕는 노예병들이다!"

유력이 외쳤다. 혼란 가운데서도 유력의 말은 전사들 사이로 똑바로 전달됐다. 그들은 제국이 생각하는 것처럼 단순한 야만인이 아니었다. 제국의 침략이 시작되기 전에 국가규모의 집단을 이뤘으며, 체계적인 편제를 거친 군대였다.

"노예병은 공격하지 마라! 아군이다!"

전사들이 옆 사람에게 말을 전달했다. 그들은 닥치는 대로 병사를 베다가도 노예병을 만나면 칼을 멈췄다.

게오르크는 밀려오는 야만인 군대를 보며 눈을 크게 떴다.

'정말 우리를 구분하고 공격하지 않는다. 저들은 그냥 야만인이 아니라 규율을 갖춘 군대라는 이야기야.'

노예들이 환호성을 지르며 야만인들을 환영했다.

"내 이름으로 저들에게 자유를 보장했다, 노예로 생각하지 말고 정중하게 대해라! 저들의 도움이 아니었다면 형제들의 피가 더 흘렀을 터니까!"

유력이 신신당부했다. 그가 지나가자 전사들이 고개를 가볍게 숙이며 예를 표했다.

아르텐 전초기지는 하룻밤 사이에 야만인들 손에 넘어갔다. 잔당들이 간간이 무기를 들며 뛰쳐나오지만 야만인들에게 죽거나 생포당했다. 유릭은 최대한 많은 병사들을 생포하라 지시했다. 제국군 포로는 쓸모가 많았다.

저벅, 저벅.

유릭의 발걸음이 막사에 퍼졌다.

전초기지 제일 안쪽 막사는 조용했다. 유릭은 천막문을 걷으며 안으로 들어갔다.

카-앙!

유릭이 칼을 들어서 기습에 대응했다.

"……랜스터 공작."

유릭을 공격한 건 랜스터 공작이었다. 그는 막사 안에서 칼을 들고 적을 기다리고 있었다.

랜스터 공작은 바깥의 소리만 들어도 전세가 기울었다는 걸 직감했다. 이미 그가 지휘할 기회는 없었다.

"너, 너는!"

랜스터 공작은 막사로 들어온 유릭을 보며 말을 더듬었다. 여기서 보지 못할 거라 생각했던 낯익은 얼굴이었다.

"그래, 나야, 나. 유릭."

유릭이 피가 묻은 입술을 씰룩이며 칼날을 랜스터 공작의 목덜미에 겨누었다. 랜스터 공작이 연거푸 유릭의 칼을 쳐 내지만, 유릭의 실력이 압도적으로 더 뛰어났다.

카앙! 캉!

유릭은 어린애를 다루듯 랭스터 공작을 의자까지 몰아갔다.

"거기 앉아."

유릭이 강압적으로 말했다. 랭스터 공작이 주저하자 유릭은 그의 무릎을 걷어찼다.

"커억."

랭스터 공작이 넘어지듯 의자에 앉아서 유릭을 올려다봤다.

"개인적은 감정은 없어. 상황이 이렇게 된 건 유감이야."

유릭이 건들거리며 랭스터 공작에 탁자에 있는 포도주를 마셨다. 간만에 마시는 문명의 포도주에 입가가 씰룩 올라갔다.

"북부인이 아니었군. 그래, 그랬던 건가……."

랭스터 공작은 허탈하게 웃었다.

"댁은 고위 귀족이라 포로로 잡아두면 언젠가 도움이 되겠지."

유릭은 문명인의 교섭방법을 안다. 랭스터 공작 같은 고위귀족은 그 존재만으로도 대단한 협상자원이 된다.

'저 서신만큼은 폐하께…….'

랭스터 공작의 눈동자가 일순간이나마 옆으로 돌아갔다. 그가 공들여 작성하던 서신이 책상에 있었다. 랭스터 공작이 가진 경험과 지식을 더한 충언이 거기에 담겨 있었다.

"눈동자가 돌아가는 게 보였다고, 랭스터 공작."

유릭은 랭스터 공작의 눈짓을 놓치지 않았다. 랭스터 공작의 안색이 새파랗게 변했다.

"그건 안…… 큿!"

랭스터 공작은 유릭을 말리다가 발차기에 얻어맞아 한쪽 구석으로 날아갔다.

'마상창시합 우승 경험이 있으며…… 문명에 대해 풍부한 지식을 가진 서부야만인.'

위험했다. 유릭이라는 존재는 반드시 여기서 죽어야 한다. 자칫하면 문명세계를 불태울 악마가 여기서 탄생할지도 모른다. 문명세계의 그 누구도 서부와 문명을 오간 자가 있다는 걸 모르고 있다. 이건 중대한 변수다.

"호오, 평소에 글공부를 열심히 해두길 잘했어. 대단한 내용이군."

유릭이 랭스터 공작의 서신을 쭉 읽어가며 감탄했다. 황제의 실수를 조목조목 지적하면서 앞으로 개선할 방향까지 적어놓은 장문의 상소였다.

"……랭스터 공작, 당신은 충신이야. 절대 제국과 황제를 배신하지 않겠지."

유릭이 쓸쓸하게 웃었다.

랭스터 공작은 고위귀족이다. 포로로 잡아 몸값을 받아도 두둑하게 받을 수 있다. 하지만 야만인에게 몸값은 가치가 없다. 황제에게는 협상의 도구로 쓰지도 못할 터다.

'무엇보다 아는 게 많아.'

유릭은 랜스터 공작을 살려서 포로로 잡아둘 생각이었으나, 마음을 바꿨다. 상소문에는 유능한 충신의 진심이 담겨 있었다.

'행여나 살려뒀다가 제국으로 다시 간다면…… 내게 재앙이 될 인간이다.'

유릭은 아직까지 자신의 행방을 황제에게 알려주기 싫었다. 랜스터 공작은 재앙의 싹이었다.

분위기가 서늘하다. 막사 안의 공기가 고요했다.

바깥에서는 전사들의 함성과 병사의 비명이 들린다. 노예들은 웃으면서 날뛴다. 집어 던진 횃불들은 천막을 태웠다. 유릭의 명령에도 불구하고, 야만성을 참지 못한 전사들은 포로로 잡은 제국병들의 눈알을 파내고 가죽을 벗겼다.

유릭도 전사들의 폭력성을 전부 제지할 수 있을 거라고 생각하지 않았다. 유릭이 손을 잡은 노예들만 건드리지 않으면 만족했다.

"후우."

유릭이 한숨을 쉬며 도끼를 빙글빙글 돌렸다. 그가 랜스터 공작 앞에 앉으며 서신을 품에 넣었다.

"자신의 고향을 지켜내려고 한 건가? 유릭."

"보급로를 끊으면 대단한 제국의 군단도 어쩔 도리는 없겠지. 안 그래?"

유릭의 샛노란 눈동자가 빛났다.

"그거야 대응하게 마련이지."

랭스터 공작은 확답하지 않았다. 유릭은 고개를 왼쪽으로 기울이며 랭스터 공작의 눈동자를 똑바로 응시했다.

"거짓말을 하고 있군. 떨림이 느껴져."

"자네가 도끼를 내 목에 대고 있으니 그런 거지."

"아니, 난 당신 같은 사람들을 알아. 목숨이 아까워서 벌벌 떠는 부류는 아니지. 용감한 문명의 기사잖아. 하하."

유릭의 웃음이 메마르게 퍼져 나갔다. 바깥에서 불꽃이 크게 일면서 유릭의 그림자가 일렁였다.

"고향을 지켜냈으면 계속 지켜내게. 야일루드를 끊고 산맥의 방비를 탄탄히 하면 제국군일지라도 손대지 못할 걸세."

"……조언 고마워."

유릭이 중얼거리다가 목청을 높이며 말을 이었다.

"하지만 야일루드는 끊지 않아. 보급로가 이어지지 못할 정도로만 뭉개 버릴 생각이야."

"그건 안 되네, 유릭! 자네들 땅으로 돌아가게!"

랭스터 공작이 간절히 말했다. 유릭은 고개를 저었다.

"침략을 먼저 시작한 쪽은 문명세계지. 우린 야일루드를 건너 동쪽으로 진군할 거야."

"자넨 말이 통하는 사람이지. 고작 부족정의 야만인이 제국을 상대하겠다고?"

"우린 부족이 아니야, 연맹이지. 1만이 넘는 전사가 피를 기다리고 있어."

1만이라는 숫자에 랭스터 공작이 입을 벌리며 눈을 크게 떴다.

"1만······?"

제국과 군단은 모르는 사실이다. 이미 서부의 야만인들이 왕국이나 마찬가지인 규모의 집단을 이뤘다는 것. 기껏해야 천여 명의 전사 집단을 생각하고 있는 군단은 1만의 군대와 마주칠 터다.

"말이 길어졌군."

유릭이 모든 게 끝났다는 듯이 말했다. 그가 도끼를 높게 들었다.

랭스터 공작은 떨리는 눈으로 고개를 숙였다. 그는 조금이라도 더 살고 싶었다. 누구에게라도 좋으니 유릭과 서부야만인에 대한 경고를 하고 싶었다.

랭스터 공작의 뇌리에 자신의 일생이 스쳐 갔다. 랭스터 가문이라는 명문가의 장자로 태어나 좋은 교육을 받았고, 젊어서는 전장에서 큰 공을 세웠으며 북부총독도 훌륭하게 마쳤다. 그는 문명인이지만 야만인에게도 나쁘게 굴지 않았다. 비록 침략자와 정복자 입장이었지만 피를 적게 흘릴 수 있도록 노력했었다. 강자의 입장인데도 드물게 약자를 신경 쓴 선인이었다.

랭스터 공작은 전초기지의 상황만 좋았다면 노예들을 해방시켰을 것이다. 단지 어쩔 수 없었을 뿐이었다. 어쩔 수 없다는 이유만으로 사람들은 수많은 실수와 잘못을 저지른다. 옳은 선택이 무엇인지 알면서도 눈을 질끈 감고, 현실적인 불의를 택하곤 했다.

"부디 자비를."

랭스터 공작이 땀을 줄줄 흘리며 말했다. 그가 두 손을 모아 고개를 숙이며 기도했다.

"누구에게?"

유릭이 짧게 물었다.

"자네와 모두에게."

"흐음."

유릭이 고개를 갸웃하다 도끼를 휘둘렀다. 랭스터 공작의 머리가 땅바닥을 굴렀다.

저벅.

유릭이 랭스터 공작의 잘린 머리를 들고는 바깥으로 나갔다.

"적장의 목을 베었다!"

유릭이 외치자, 전초기지를 휩쓸던 전사들이 함께 무기를 들며 고함을 내질렀다.

"우오오오오오!"

"유우우우릭!"

피에 흠뻑 취한 전사들이 지친 것도 잊은 채로 날뛰며 돌아다녔다. 노예병들은 한곳에 모여서 겁에 질린 표정으로 광란의 살육을 펼치는 전사들을 지켜봤다.

'여, 역시 야만인들이다.'

게오르크는 살아남은 노예들을 한곳으로 모아 야만인들이 진정하길 기다렸다. 섣불리 건드렸다간 저들의 무자비한 칼날이 노예들을 향할지도 모른다.

"으, 으아아악!"

항복한 제국병조차 전사들의 칼날을 피하지 못했다. 산맥에서 겪은 고통에 대한 보상을 받아내듯 전사들은 잔혹하게 제국병들을 죽였다.

"그만, 적당히 살려둬. 여길 보수하려면 이놈들이 필요해."

유릭이 전사들 사이로 움직이면서 병사들을 죽이려는 전사들의 팔을 막았다.

"알았소."

전사들은 유릭의 말을 들었다. 그들은 남은 병사들을 한곳에 모아서 포박했다. 살아남은 제국병은 고작 오십여 명에 불과했다. 그들은 부들부들 떨며 고개를 숙였다.

"게오르크?"

노예들 사이에서 게오르크가 나왔다. 그는 씨익 웃으면서 한 명의 제국군을 바라봤다.

"안녕하신가, 부관 나리."

쪼르르르.

게오르크가 바지춤을 내리더니 묶인 부관을 향해 오줌줄기를 쏟아부었다. 자신에게 오줌세례를 했던 부관에게 똑같이 돌려줬다.

"푸흡흡!"

부관이 얼굴을 이리저리 비틀었다.

게오르크가 다리를 탈탈 털며 바지를 다시 추슬러 올렸다.

"야만인과 손을 잡다니! 부끄러운 줄 알아라!"

부관이 소리를 질렀다. 어떻게 노예들이 야만인과 협력했는지는 알 도리가 없었다.

"적어도 저 야만인은 약속을 지킬 것 같았거든."

게오르크가 유릭을 가리키며 말했다.

"망할 새끼들아!"

"내 오줌 맛도 봐라!"

"창녀처럼 입이나 벌려!"

게오르크의 행동을 본 노예들이 너 나 할 것 없이 포박된 제국군을 둘러싸며 오줌을 갈겼다. 제국병들은 부들부들 떨면서 노예들의 오줌을 맞았다.

"거, 보기 좋군!"

전사들이 시체들을 한곳에 모으며 노예의 오줌으로 흠뻑 젖은 제국군을 바라봤다. 전사들의 웃음이 굵직굵직했다.

"시체는 어떡할까?"

전사들이 유릭에게 물었다.

"모아서 태워. 저쪽에 기름도 있을 거야."

유릭은 시체들이 쌓이는 걸 보곤 포로들 앞으로 걸어갔다.

움찔.

제국병들은 유릭이 야만인의 대장이라는 걸 알아챘다. 아까부터 유릭을 중심으로 모든 게 돌아가고 있었다.

"종군성직자나 기도문을 아는 사람이 있나?"

유릭이 병사들을 보며 물었다. 그의 유창한 제국어에 제국병들이 술렁거렸다.

포로들은 눈치를 볼 뿐 정작 나서는 사람이 없었다. 유릭이 머리를 긁적이며 모아둔 시체를 가리켰다.

"약식이라도 동료들의 장례를 치러줘야지. 이대로 태우면 곱게 가겠어?"

유릭은 비록 적이라도 그들의 영혼을 존중했다. 죽은 자까지 저주하지 않았다.

수도원에서 고아로 자란 병사 하나가 손을 들었다. 그는 야만인들의 눈치를 살피며 걸어 나왔다.

"뭐 하는 거야? 유릭."

"저놈을 왜 데리고 나왔는데?"

전사들이 병사를 향해 야유를 보내며 소리를 질렀다. 병사가 부들부들 떨면서도 꿋꿋하게 동료들의 시체더미 앞으로 걸어왔다.

촤아아.

유릭이 기름을 붓고 시체더미에 불을 붙였다. 원래는 일일이 따로 화장해야 하지만, 그 정도 정성까지 쓸 이유도 여력도 없었다.

"이곳의 장례식이다."

유릭이 말하자, 전사들이 웃어댔다.

"시체를 태우는 게? 고약한 풍습이네."

전사들의 태도에는 존중이나 엄숙함 따윈 찾아볼 수 없었다.

유릭만이 타오르는 불꽃을 보며 나직이 영혼들이 제 길을 찾아가길 바랐다.

병사가 장례기도문을 외웠고, 병사 몇몇이 기도문을 따라 했다. 심지어 학대받던 노예들도 장례식만은 방해하지 않고, 때론 묵념하며 연기를 바라봤다.

'저자는 다른 야만인과 다르다.'

게오르크는 물론이고 포로들조차 유릭을 보며 생각했다. 유릭은 문명인의 문화와 사고방식을 이해하고 있었고 존중했다. 그것만으로도 대단히 친숙하게 느껴졌다.

"유릭, 당신은 우리에게 자유를 약속했습니다."

게오르크가 유릭 옆에 다가왔다.

"아무도 너희를 붙잡지 않을 거다. 너희는 피를 흘려서 자유를 쟁취했어."

유릭의 확답을 받은 게오르크가 노예들에게 돌아가 뭐라 말했다. 자유를 약속받은 노예들이 환호성을 내질렀다.

"하지만 이제 어쩌지?"

막연하게 자유가 주어지자, 노예들은 자신들의 거처를 정하지 못했다. 기껏해야 산적이나 도적 무리로 전락할 게 뻔했다.

"야만인들과 손을 잡자. 여긴 식량도 많이 있어. 당분간은 여기서 버티는 것도……."

게오르크가 말하자, 노예들이 고개를 저었다.

"제국군이 토벌하러 올 거야. 그 전에 도망가야 한다고. 야만인이 언제 마음이 바뀌어서 우릴 공격할지 모르잖아."

"떠날 사람은 떠나. 나는 여기에 남겠어."

게오르크가 선언했다. 다른 노예들은 게오르크의 생각과 판단을 이해하지 못했다.

"야만인 무리에 남겠다고? 제정신이야?"

"어차피 우리끼리 나가봐야 도적밖에 더 되겠어? 수백 명이 되는 집단이 당장 먹고살 방법이라도 있다는 거냐? 우린 제국군을 공격하고 자유를 찾은 놈들이야. 자칫하다간 목이 뎅겅 날아가겠지."

"그렇긴 하지. 제기랄. 자유를 얻어도 난감한 건 마찬가지잖아."

게오르크의 말에 노예들이 술렁거렸다. 당장 전초기지를 벗어난다고 해서 뾰족한 수가 나오지 않았다.

"내가 저 야만인 대장과 이야기를 해볼게."

자유인이 된 노예들이 끄덕이며 게오르크에게 협상을 맡겼다. 게오르크는 어쨌거나 노예들의 대표였고 가장 똑똑한 사람이었다.

"아직 안 가고 뭐 해? 자유를 얻었잖아."

유릭이 다시 다가오는 게오르크를 보며 웃었다.

"우린 갈 곳이 없습니다. 어디에도 연고가 없는 자들이 대부분이죠."

"그래서?"

"앞으로 이 군대는 어디로 갈 겁니까?"

"글쎄."

유릭이 웃으며 말꼬리를 흐렸다. 그는 야일루드가 있는 방향을 쳐다봤다.

"만약 이대로 문명세계를 공격한다면 제가 돕겠습니다. 적당한 재물 분배만 약속한다면요."

유릭은 대답 없이 전사 수어 명을 이끌고 야일루드 쪽으로 걸어갔다. 게오르크도 유릭을 따라 야일루드의 입구까지 갔다.

'위대한 건축물이다. 부족세계에선 상상도 못 할 다리지.'

유릭은 야일루드 앞에 섰다. 길게 이어진 야일루드는 그 끝이 보이지 않았다. 문명세계와 서부를 이어주는 유일한 통로였다. 유릭과 전사들이 했던 것처럼 어느 정도 우회는 하더라도 근본적으로는 야일루드를 통과해야 했다.

저벅.

유릭이 야일루드 위를 걸었다. 여길 완전히 부숴 버리면 서부와 문명의 통로가 끊긴다. 제국은 야일루드 같은 대사업을 다시 벌이기 힘들 터다. 지금도 제국은 서부개척을 위해 무리하게 투자를 하고 있었다.

'사미칸은 보급이 불가능할 정도만 부수라고 했지.'

보급로만 부수는 건 어렵지 않다. 적당히 길을 두들기고, 다리의 구간 구간을 끊으면 된다. 그 정도만 해도 군단에서 야일루드를 단시간에 복구할 방법은 없을 터다.

"유릭?"

다른 전사들이 유릭의 명령을 기다렸다.

유릭은 눈을 감고 생각했다. 사미칸과 1만의 전사가 야일루드를 넘는 광경을 떠올렸다. 그들은 문명세계를 휩쓸어버릴 터다. 약탈하고 파괴하고…….

'내가 사랑하는 문명세계.'

유릭의 눈동자가 협곡 밑을 바라봤다. 폭포와 급류가 사람을 끌어당기듯 출렁였다.

유릭은 늘 문명세계를 동경했다. 문명을 보며 유릭은 수없이 감동했다. 심지어 유릭의 세계를 침략하기 위해 만든 야일루드조차 유릭의 가슴을 벅차오르게 했다. 인간의 힘으로 이루어낸 거대한 문명은 유릭의 심장을 항상 두들겼다.

고오오.

바람이 불어온다. 피가 듬성듬성 묻은 유릭의 머리카락이 흐트러졌다.

유릭은 허리를 숙이며 서쪽과 동쪽을 번갈아 봤다. 사미칸은 서부를 정복하고, 나아가 문명세계까지 손대길 원했다. 그게 사미칸의 뜻이었다.

'내 뜻도 사미칸과 같은가?'

유릭은 생각했다. 사미칸에 대한 애증처럼, 문명세계에 대한 감정도 이율배반적이었다. 그는 문명세계를 사랑했으나, 자신의 손으로 움켜잡고 싶은 충동도 항상 같이 느꼈다. 꿈에서 늘 나오던 불타는 대지는 서부가 아닌 문명을 가리키고 있었을지도 모른다.

지금까지 애써 숨겨왔던 충동. 살육과 파괴에 이끌리는 야만인의 본성.

'나 역시 형제와 전사들을 이끌고 저 세계로 가고 싶다. 그 끝에서 무엇이 기다리건……'

설사 그를 기다리고 있는 게 무자비한 살육과 나날이라도 유릭은 그러고 싶었다. 욕망은 때론 잔혹하리만큼 이기적이다. 사미칸과 얀키누스가 자신의 야욕만을 위해 수많은 생명을 짓밟은 것처럼……. 그 누구에게도 타인을 짓밟으며 욕망을 추구할 자격은 없지만, 인간은 다들 그렇게 살아갔다. 작고 크고의 차이가 있었을 뿐.

"이름이 게오르크라고 했나?"

유릭이 뒤를 돌아보며 물었다.

"게오르크 아르투어입니다."

"만약 우리가 문명세계를 공격한다면 어디부터가 좋을까?"

게오르크가 잠시 생각하더니 말했다.

"……랑케가트 왕국이죠. 제 모국이기도 합니다."

"어째서 랑케가트지?"

"가장 가까우며 근래 제국에게 많은 물자와 인력을 징발당한 나라죠. 그런 나라가 제국의 보호를 받지 못한 채로 약탈을 당하면 다른 속국들도 제국을 믿지 못할 겁니다. 무자비하게 약탈할수록 효과가 좋을 겁니다."

유릭이 가볍게 웃었다.

"합격이다, 합류해도 좋아. 우린 자유용병으로 너흴 대우하겠다. 약탈품도 전공에 따라 동등하게 나눠 받을 거야."

유릭은 전사들을 시켜서 야일루드에서 협곡 위로 올라가는 사다리를 대부분 해체하고, 다리의 구간 구간을 끊었다.

야일루드는 중간부터 지나가기 힘들 정도로 파손된 상태였다. 유릭은 멀쩡한 초반부의 야일루드를 통해 전사들을 협곡 위로 올려 보내서 감시를 시켰다.

"내가 할 일은 다 했다, 사미칸."

유릭이 조용히 랭스터 공작이 앉던 의자에 앉았다. 그가 팔걸이에 팔꿈치를 올리곤 턱을 괴었다.

유릭이 보유한 병력은 노예에서 자유용병이 된 병력 사백여 명과 전사 오백여 명을 합쳐 천 명 가까이였다. 이 정도면 전초기지를 통제하고 서부군단의 척후를 잘라내기에 충분했다.

전사들은 유릭의 이름을 외치며 칭송했다. 혼자서 전초기지의 성문을 열고 공격신호를 보낸 유릭의 무용담은 저번의 패전을 잊게 만들었다. 다시 한번 유릭의 명성이 빛났다.

전초기지에 남은 전사들은 대지의 아들 유릭이 모든 영령의 축복을 받은 게 분명하다며 떠들어댔다.

Chapter 10

오딘스트 군단장은 말을 타고 전열에 선 군인들을 하나하나 훑어보며 지나갔다. 전투의 기류가 삭막한 초원을 타고 군단을 휩쓸었다.

　"우리의 전투는 역사에 길이 남을 터다. 제군들도 황제폐하와 함께 위대한 역사의 승리자가 될 것이다!"

　오딘스트가 가슴속에서 벅차오르는 말을 내뱉었다. 그의 눈동자가 총명하게 빛났다. 어린 시절 들었던 영웅들처럼, 그는 오늘 전투를 통해 역사의 승리자가 될 터였다.

　"황제폐하 만세!"

　오딘스트가 지나가자 군단병들이 외쳤다.

　군단장은 황제의 군사 대리인이다. 그는 제국중보병 이천여 명과 제국귀족들이 제공한 징집병력 이천여 명, 그리고 경기병 오백과 중기병 오백을 지휘한다.

"군단장 오딘스트와 함께 영광을 누리리라!"

백부장들이 칼을 뽑아 들어 올리며 외쳤다. 병사들이 함성을 내지르며 오딘스트가 지나갈 때마다 일어섰다.

"오오오오!"

군단에 포함된 귀족들의 징집병은 이천여 명이다. 경기병과 중기병 중에서도 귀족에게서 징발한 병력이 있다. 귀족들은 정해진 봉신계약을 수행하기 위해 정해진 병력을 제공했다.

병력을 끌고 온 귀족들의 사기도 높았다. 서부정복은 귀족이라면 누구나 꿈꾸는 업적이다.

"오딘스트 군단장, 잘 부탁하오."

귀족들과 오딘스트가 눈빛을 부딪치며 서로 인사했다. 명령체계로는 오딘스트가 상급자였으나, 오딘스트는 귀족들을 함부로 대하지 못했다. 어디까지나 귀족들은 봉신계약의 의무를 수행하러 온 자들이었다. 그들은 자신의 병력을 마음대로 다룰 권리가 있었다. 단지 군대의 효율성을 위해 임의로 지휘권을 오딘스트와 주군에게 넘겼을 뿐이다.

'제국군과 군단편제는 황제들이 닦아놓은 위대한 제국의 유산이지.'

오딘스트는 군단장을 맡았다는 사실에 자긍심을 느꼈다.

농경기반의 봉건제는 군사력이 하나로 뭉치기 힘든 사회제
도다. 봉신들은 각각 독립적이었고, 무장한 병력은 왕이 아닌
영주들에게 충성했다. 제국처럼 강력한 중앙권력으로 봉신들
을 억압하고 착취해서, 그 돈으로 제국군이라는 상비군을 대
규모로 유지하는 게 오히려 특이한 경우였다.

제국은 봉건제의 한계를 극복하기 위해 황제의 직할령을 늘
리고 봉신들에게 막대한 세금과 의무를 물렸다. 봉신들의 불
만을 억압할 제국군이라는 군사집단이 있기에 가능한 일이었
다.

반면, 봉건제의 한계를 고스란히 가지고 있는 왕국들은 이
름뿐인 왕이 많았고 강한 봉신과 가문에 휘둘리는 경우가 잦
았다. 왕권이 추락한 왕국에서는 왕보다 더 많은 땅을 가진 대
귀족들이 명분만 있으면 언제든 왕이 될 수 있었다.

제국과 왕국들이 전쟁을 벌이던 시기에는 친제국파 왕국 귀
족들이 왕의 동원령을 거부하는 일도 잦았다. 굳이 승산 없는
전쟁에 자신의 군사력과 돈을 낭비하기 싫었기 때문이다.

"기껏해야 야만인들이죠."

"제국군이 야만인과의 첫 교전에서 패한 적은 없소."

"첫 교전이 아니라도 몇몇 교전을 제외하면 진 적이 있기야
합니까?"

귀족들이 떠들어댔다. 역사가 제국군의 우수함을 증명했다.

"북부의 야만인조차 용자 미요른이 북부를 통합하기 전에는 제국군에게 지기만 했죠."

제국 귀족들은 미요른을 단순한 야만인으로 치부하지 않았다. 미요른은 제국군을 몇 번이나 이긴 적이 있었고, 미요른을 얕잡아서 말하면 패배한 제국군도 비하하는 거나 마찬가지였다. 귀족들은 제국에게서 몇 번의 승리를 거둔 미요른을 존중했다. 그 미요른조차 마지막에는 제국군에게 패했고, 더 대단한 최후의 승자는 제국군이었다.

"기껏해야 부족정 수준의 야만인입니다. 남부의 야만인 정도겠죠."

"흩어진 부족들을 하나둘씩 점령하다 보면 어느새 자진해서 항복할 거요. 어쩌면 우리를 신처럼 숭배할지도 모르지. 야만인들이란 무식하니까. 껄껄."

귀족들은 일찌감치 장밋빛 승리에 취해 있었다. 그들은 벌써부터 보급품으로 가져온 질 좋은 포도주와 염장고기로 승전을 축하할 생각에 들떴다.

"적의 숫자는 약 삼천! 경무장을 한 야만인들입니다!"

척후를 다녀온 경기병들이 보고했다. 오딘스트가 고개를 끄덕이며 정찰내용을 전파했다. 삼천이면 주변 야만부족끼리 뭉친 듯했다. 적잖은 병력이다.

"적은 삼천! 하지만 방심하지 마라! 쇠붙이에 찔리면 죽는 건 누구나 마찬가지니까! 루의 가호가 제군들의 곁에 깃들기를!"

"태양 만세!"

"루께서 지켜보신다!"

오딘스트가 기수에게 손짓했다. 제국의 자색독수리 깃발이 높게 솟아올랐다. 이를 시작으로 사방에서 귀족들이 자신의 깃발을 내걸었다. 이십여 개가 넘는 깃발이 펄럭였다.

"군단! 진군하라!"

오딘스트가 목청이 찢어지라 외쳤고, 군악대가 북을 일정 간격으로 쳤다.

보병과 기병들이 북소리에 맞춰 전진했다. 그들은 낯선 초원으로 나아가면서도 두려움이 없었다. 태양과 황제가 그들 뒤에 있었다.

때는 태양신의 가호를 받는 정오. 높게 솟은 태양은 뜨거웠고, 죽음의 냄새를 맡은 청소부들이 날개를 펼치며 빙글 돌았다.

초원의 지평선 끝에는 진을 친 연맹군이 있었다. 그들은 조잡한 요새를 세워서 제국군을 기다렸다. 요새에 주둔하는 병력은 삼천이었다.

"'기마병'이라는 놈들이 언덕 앞까지 왔다 갔습니다."

감시탑에서 내려온 전사가 사미칸과 부족장들에게 보고했다.

"하핫, 정말로 말을 타고 다닐 줄이야. 별종들이군."

사미칸은 웃었지만, 기마병의 위력은 노아에게 몇 번이나 들었다.

'노아에게 듣지 않아도 말을 탄 병사의 위력이 가늠이 간다. 대단히 위협적이겠지.'

적들이 가까이 왔다는 말에 부족장들이 술렁였다.

"저들은 우리가 거대한 연맹을 이뤘다는 걸 모르오. 첫 교전에서 그 이점을 최대한 살려야 하오."

대족장 사미칸이 부족장들을 보며 말했다.

"보급로를 끊어서 말려 죽이는 게 목적이라면 굳이 싸울 필요가 있소이까? 대족장."

부족장 중 하나가 의문을 품었다.

"저번 부족회의에서 졸았나 보구려."

사미칸이 그 의문에 핀잔을 주자 다른 족장들이 웃었다.

"흠, 흠. 아마 그때 일이 있어서 회의에 참석하지 못했겠지."

"앞으로 부족회의에 불참하는 자는 엄벌에 처할 거요. 우리가 교전을 하는 이유는 첫째로는 놈들이 유릭과 별동대 쪽으로 신경 쓰지 못하도록 하기 위함이고, 두 번째로는 우리가 이득을 가장 많이 볼 수 있는 상황이기 때문이오. 적들의 세력은 막강하며, 우리 같은 자들과 수없이 싸워온 군대지. 허를 찌를 수 있을 때 찔러야 하오."

노아도 찬성한 전략이다. 제국군은 첫 교전에 단 한 번도 하나로 뭉친 부족군대를 상대해 본 적이 없었다. 그들의 강력한 적이었던 북부조차 제국군에게 호되게 당하고 나서야 하나로 뭉쳤다.

"적들은 우릴 만만하게 보고 정면으로 돌파할 거요. 제국군의 무장과 돌격력을 생각하면 우리가 세운 요새는 없는 거나 마찬가지이니까. 삼천의 중앙군은 최선을 다해 적의 돌격을 버텨낼 거요. 하늘의 뜻을 받든 나 사미칸의 지휘 아래에서 말이오!"

사미칸이 가죽지도에 손가락을 대며 병력의 이동경로를 가리켰다. 사미칸은 삼천의 병력을 제외한 나머지 칠천의 병력을 요새 좌우로 멀리 배치했다. 매복한 병력들은 사미칸의 신호가 떨어지면 일제히 제국군의 측면을 덮칠 터다.

"매복한 병력을 적의 정찰에 걸리지 않기 위해 한참이나 떨어진 곳에 배치했소. 우리가 그전까지 버텨내는가가 문제지."

부족장들이 고개를 끄덕였다. 사미칸은 자청해서 중앙군 지휘라는 위험한 역할을 맡았다.

'불멸의 영광.'

사미칸은 오늘만을 꿈꿨다. 낯선 세계에서 온 군대와 싸워 이긴 대부족장, 그것도 뒷짐만 지고 있는 게 아니라 적극적으로 위험한 역할을 맡았다.

'위험을 감수할 가치가 있는 날이다.'

사미칸이 자신의 창을 굳게 잡았다.

주술사들은 전투에 앞서서 커다란 향로에 불을 피웠다. 그들은 잔불이 붙은 종려나무 가지를 흔들어서 전사들의 몸뚱이에 연기를 씌웠다.

"으음오오, 옴음음으음……."

주술사들이 입을 닫고 목구멍만 떨며 소리를 냈다. 그들은 부족전사들이 원하는 영령의 가호를 불러오고 있었다. 어떤 전사는 늑대와 같은 냉철한 용맹함을 원했고, 누구는 곰 같은 강인함을 갈구했고, 선조의 영혼과 아비의 가호를 원하는 자도 있었다.

"호오오오."

연기가 흔들린다. 전사들의 눈에는 흔들리는 연기가 그들이 원하는 영혼처럼 보였다. 연기의 모습은 똑같았으나, 전사들의 눈에는 제각기 늑대로, 곰으로, 무기를 든 선조로 보였다.

"우리를 가르치는 하늘과, 우리를 낳은 대지가……."

어떤 부족을 막론하고 하늘과 대지는 숭배의 대상이다. 건기와 우기에 따라 부족의 명운이 오가는 만큼 하늘은 변덕스러우면서도 위대한 존재였다.

둥, 둥, 둥.

저 멀리서 침략자의 북소리가 들렸다. 전사들은 두려움과 흥분으로 떨리는 가슴을 움켜잡았다. 주술사의 축복을 받은 전사들이 제각기 다른 전투화장을 얼굴에 칠했다.

"속삭임이 들려. 늑대가 내 귓가에서 울부짖고 있어."

환각에 깊게 취한 전사가 말했다. 전사들은 초자연적인 무언가가 자신을 지켜주고 있다고 믿었다. 문명세계의 전사와 기사들이 간절히 태양신 루를 찾듯이, 그들도 자신만의 무언가를 믿고 있었다.

"어쩌면 선조께서 나를 부르고 계실지도 모르겠군"

전사들이 심호흡하며 지평선을 바라봤다. 은빛으로 반짝이는 군대가 조금씩 가까워졌다.

북소리도 점차 커진다.

뿌우우우우우-!

배와 뺨이 부풀 정도로 크게 숨을 삼킨 전사들이 뿔나팔을 불었다. 뿔나팔 소리가 매의 포효처럼 하늘을 갈랐다.

"우, 우우우아아아아아아아-!!"

전사들이 적을 보며 울부짖었다. 적수를 만나 위협하는 짐승 같은 포효였다.

캉! 캉! 캉!

제국전사들도 상대를 위협하는 의식을 벌이는 건 마찬가지다. 그들은 방패와 무기를 일정 간격으로 부딪치며 금속 소리를 냈다.

"제1보병대부터 5보병대까지 앞으로!"

제국군의 장교들이 사전에 정해둔 전략에 따라 병력을 움직였다.

수천 단위를 넘어가는 전투에서는 실시간으로 전략을 바꿔가며 유동적으로 부대를 지휘하는 건 거의 불가능하다. 예측밖의 상황이 벌어지면, 야전장교의 임기응변과 사전에 정해둔 지침과 전략전술로 대응할 뿐이다. 때문에 유능한 지휘관일수록 예지에 가까운 전략전술을 구사했고, 정찰과 사전정보는 무척이나 중요하다.

쿵! 쿵!

오백이 넘는 중보병이 앞으로 나서며 방패를 들었다. 이들은 대륙에서 가장 질이 좋은 보병들이었다. 무장부터 훈련까지 최강이라는 말이 아깝지 않은 병단이다.

"대형쇠뇌 앞으로!"

장교가 외쳤다.

끼릭, 끼릭.

중보병들 뒤에서 커다란 기계장치가 나왔다. 제국의 공성병기 중 하나인 대형쇠뇌였다. 사람 크기만 한 화살을 쏘는 공성병기였다. 투석기보다는 파괴력이 떨어졌으나, 분리운반이 가벼워 이번 원정에 채용한 병기였다.

"장전!"

제국병 두 명이 차륜을 돌려서 대형쇠뇌의 시위를 뒤로 당겼다. 밧줄이 달린 화살이 시위에 걸렸다.

타-엉!

대형쇠뇌에서 화살이 놀랍도록 빠르게 날아갔다. 대형화살은 나무울타리를 관통했고, 울타리 뒤에 서 있던 부족전사가 즉사했다. 시체의 모양새는 꼬챙이 꿰인 것처럼 처참하기 짝이 없었다.

"뭐, 뭐야! 이건!"

부족전사들이 눈을 동그랗게 떴다. 한참이나 떨어진 곳에서 날아온 대형화살이 울타리를 꿰뚫고 전사까지 죽였다.

"화살에 묶인 밧줄을 잘라! 자르라고!"

요새 안쪽에 있던 노아 아르텐이 외쳤다. 그가 의족으로 황급히 절뚝이며 다가왔다. 부족사회에서 불구자는 전투에 참여하지 못했지만, 노아만큼은 예외였다. 그는 전투참모의 자격으로 참전했고, 그의 조언은 부족에게 필요했다.

"제길! 쉽게 잘리지 않아! 좋은 칼을 가져와!"

대형화살의 촉은 갈고리처럼 울타리를 관통하고 단단히 고정된 상태였다. 화살 뒤로는 밧줄이 매달려 있었다. 누가 봐도 울타리를 무너뜨리기 위한 병기라는 걸 알았다.

"강철검이다! 이걸로 해봐!"

노아가 제국강철검을 던졌다. 그걸 잡아챈 전사가 있는 힘을 다해 밧줄을 내려쳐서 끊었다.

"야만인들이 제법이군!"

밧줄이 끊어지는 걸 본 제국군 장교가 외쳤다. 그는 밧줄과 말을 연결해 울타리를 당겨 무너뜨릴 생각이었다. 부족 수준의 요새는 이 정도면 대부분 무너졌기 때문이다. 하지만 이번에는 야만인들의 대응이 빨랐다.

"몸을 웅크리며 인내해라. 가뭄을 버텨내듯 기다려."

사미칸이 전사들을 독려하며 제국군 진영을 바라봤다. 사미칸은 입술을 잘근잘근 씹으며 그들이 돌격하기만을 기다렸다.

콰직! 콰직!

제국군의 공성병기에 조잡한 나무울타리가 너덜너덜해졌다. 울타리 위에 있던 전사들도 화살에 맞아 밑으로 떨어지기 일쑤였다. 연맹군은 요새 안에서 버티고 있었으나, 제국군의 공성술 앞에서 이득을 전혀 챙기지 못했다.

"언제까지 참아야 하오! 사미칸! 문을 열고 우리가 달려갑시다! 매복한 병력을 부르시오! 날 따라올 부족장은 없소이까! 겁쟁이 사미칸 대신에……!"

호전적인 부족장이 외쳤다.

콰악!

사미칸의 손이 빠르게 움직였다. 그의 단도가 말을 하던 부족장의 목젖을 찢었다. 그 광경을 본 부족장들이 술렁였다.

"아직도 기다리지 못할 사람이 있나?"

사미칸이 어깨를 들썩이며 차갑게 눈을 빛냈다. 그는 부족 태생의 전사답지 않게 기다렸다. 그는 결코 서두르지 않고 끝까지 참았다. 죽어나가는 전사들의 눈을 응시하며 승리만을 위해 모든 감정을 억눌렀다.

뿌-우우우우우!

제국군의 뿔나팔 소리가 길게 퍼져 나갔다. 그들의 돌격 신호였다.

삐이이이이-!

제국군의 전진을 확인한 사미칸도 활을 들어 효시를 연달아 쏘아 올렸다.

to be continued

Wish Books

흙수저 판타지 장편소설

회귀자
사용설명서

어느 날, 이세계로 소환되었다.
짐승들이 쏟아지고, 믿을 수 없는 위기가 닥쳐오나.
가지고있는 재능은 밑바닥.

[플레이어의 재능수치는 최하입니다.]
[거의 모든 수치가 절망적입니다.]

선택받은 용사든, 재능 있는 마법사든,
시간을 역행한 회귀자든.
모든 것을 이용해야 한다.

살아남기 위해.

"쓰레기면 뭐 어떻습니까. 살아남기 위해서
뭔 짓인들 못 하겠어요?"

마운드 위의 절대자

디다트 현대 판타지 장편소설
WISHBOOKS MODERN FANTASY STORY

야구선수를 꿈꾸는 이들에게는
크게 세 가지 고비가 온다고 한다.

재능, 부상, 그리고 돈.

고등학교 2학년 때까지 야구선수를 꿈꾸었던,
그리고 그것이 자신의 인생의 전부였던 이진용.

세 가지 고비의 벽 앞에서 야구선수를 포기하고
현실에 순응하고 살아가던 진용의 앞에.

[베이스볼 매니저를 시작합니다.]
- 너 내가 보이냐?

다른 사람의 눈에는 보이지 않는
특별한 것이 보이기 시작했다.

비츄 게임 판타지 장편소설

가상현실 게임 올림푸스에 드디어 입성했다.
그런데…… 납치라고!?

강제로 시작된 20년간의 지옥 같은 수련 끝에
마침내 레벨 99가 되었다.
그렇게 자유를 만끽하려던 순간.

정상적인 경로를 통한 레벨 업이 아닙니다.
시스템 오류로 레벨이 초기화됐다.

"이게 무슨 개 같은 소리야!!"

그런데, 스탯은 그대로다?!
게다가 SSS급 퀘스트까지!

한주혁의 플레이어 생활은
이제부터가 시작이다!

OTHER VOICES

악마의 음악

WISHBOOKS MODERN FANTASY STORY

경우勁雨 현대 판타지 장편소설

[악마의 목소리가 담긴 음악으로
세상에 행복을 줄 수 있을까?]

지미 헨드릭스부터 라흐마니노프까지
꿈속에서 만나는 역사적 뮤지션!

노래를 사랑하는 소년에게 나타난 악마.
그런 소년에게 내려진 악마들의 축복.

악마의 음악

수많은 악마의 축복 속에서
세상을 향한 소년의 노래가 시작된다.

Wish
Books

힐통령
태양의 사제

제리엠 게임판타지 장편소설

WISHBOOKS GAME FANTASY STORY

"착하긴 뭐가 착해? 저런 퀘스트를 하는 건 착해서가 아니고
그냥 호구인 거야. 호구."

**등 뒤에서 멀어지는 소리에
카이가 슬쩍 그들을 돌아봤다.**

'내가 호구라고? 설마.'

[곤경에 처해 있는 NPC에게 선행을 베풀었습니다.]
[선행 스탯이 1 상승합니다.]

착한 일을 하면 보상이 따라온다?!

**계산적이지만 그래서 더 선행을 할 수밖에 없는
힐이면 힐, 딜이면 딜.**
힐통령 카이의 미드 온라인 정복기!